幼女シルヴィア
のスキルと魔術を使って
見捨てられた都市を繁栄させます~
サエトミユウ

遠方に不思議なモノを見た。
それは、牛や山羊などの
たくさんの家畜とともに歩く幼女だ。

シルヴィア

全員が食事に専念する。
ジーナ
シルヴィアは、
とてもおいしいな
と思って食べている。

やっぱりエドワードはてんさいだ。
魔術も使わず、
こんなに美味しい料理を
作れるなんて。
エドワード

ゴゴゴゴ……
と音がしそうな雰囲気で、
異なる美形の二人が
笑顔で舌戦を
繰り広げた。
カロージェロ

城塞幼女シルヴィア

～未知のスキルと魔術を使って見捨てられた都市を繁栄させます～

・

サエトミユウ

ハガネ文庫

カバー・口絵・本文イラスト
Cover/frontispiece/text illustrations

●

ハレのちハレタ
Harenochihareta

JOUSAI YOUJO SYLVIE.

Contents

一章　──　シルヴィアの場合

一番初めに魔物を倒したのは、三歳のとき。相手は雑草だった。

次は、蚊だった。

羽虫や野草、木の実など、たくさんの魔物を倒し、シルヴィアはどんどん魔力を上げていった。

でも、それは、シルヴィアにのみ大事なことで、他の人間にはどうでもいいことだった。

＊

シルヴィアは魔獣討伐《とうばつ》筆頭魔術騎士の一族であるヒューズ公爵《こうしやく》家の令嬢だ。

七歳になったとき、めったに顔を合わせない父親に連れられて教会に行った。七歳までに、己の持つ天恵（スキル）と、魔力がある場合は属性魔術が確定する。ゆえに、皆七歳になると教会へ行き、教会の神官長が聖魔術でスキルと属性魔術の判定を行う、というのがこの国の習わしだったからだ。

そうして判明したのは――。

「『魔物を倒したら魔力が溜《た》まる』というスキルです。属性魔術は――『生活』だそうです。未知の魔術ですね」

シルヴィアの父親は神官長の言葉を聞いて硬直し、次に怒鳴《どな》りだした。

「……なんだそのスキルは!?　強い魔獣を魔術で倒すのが基本なのに、倒してから魔力を得てもしょうがないだろうが！　しかも生活魔術とはなんだ!?　そんな恥ずかしい魔術など聞いたことがない！」

シルヴィアの父親はさんざん怒鳴った。

本当は殴る蹴るの暴行も加えたかったのだろうが、彼は魔術騎士団長の肩書きを持つ。そんな役職の者が幼い娘に暴行を加えたとあっては確実に噂《うわさ》になる上に、下手をすると何らかの刑罰が与えられる可能性がある。自分の名誉《めいよ》のために、殴り飛ばしたい衝動を抑えていた。

神官長以下の神官も、シルヴィアの父親を取り囲み、なだめた。

彼らは親が子にスキルや魔術を期待し、しかし判定で期待に応えるスキルや魔術を得られなかった場合に、この父親と同じように子を罵倒《ばとう》し暴力をふるおうとする現場に慣れていたのだ。

子が親の望まぬスキルや属性魔術を授かったからといって、子に罪はない。親がそのことに気付かず暴力をふるうのならば、それは親の罪だ、そう諭《さと》す。

なだめすかされ落ち着いたシルヴィアの父親は勝手に帰ってしまったが、シルヴィアはそういう扱いに慣れていたので、気にせず自分も帰った。


数日後、領主である母親に呼び出された。

シルヴィアは無視していたが、使用人になかば無理やり連れて行かれ、面会させられた。

シルヴィアの母親は、シルヴィアをチラリとも見ずに淡々と述べた。

「ここから南西に下ったところに、城塞《じょうさい》がある。大昔は重要な地点だったようだが、国境変動などがあって今じゃまったくの役立たずだ。お前はそこに行け。——お前は領主としても騎士としても政治の駒《こま》としても使い物にならない。その役立たずの廃墟《はいきょ》とともにそこで朽《く》ちていけ」

シルヴィアはしばらく考えて、質問した。

「城塞をもらえるですか」

シルヴィアの母親は、そこで初めてシルヴィアを見た。

何か言いかけ、気が変わったようにフッと薄く笑う。

「餞別《せんべつ》としてくれてやろう」

「契約書《けいやくしょ》ください」

間髪《かんはつ》入れずシルヴィアが言った。シルヴィアの母親は、その言葉に微《かす》かに眉根を寄せたが、また薄く笑った。

「無事たどり着けたら、お前のものだ。ただし、助けを求めても無駄だし、ここに戻ってくることも許さない。お前一人でどうにかしろ」

「契約書ください」

シルヴィアが繰り返し言うので、シルヴィアの母親はあからさまに顔をしかめた。

「そんなもの――」

必要ないだろうと言いかけたのだが、シルヴィアのなんの感情も浮かんでいない、虚空《こくう》のような瞳を見ていると落ち着かない気持ちになり、目を逸らすと契約書を作りシルヴィアに差し出した。

「ホラ、くれてやる。ついでの情けだ、小金も付けてやる」

シルヴィアの母親がそばに控えていた執事《しつじ》に目を向けると、執事は一礼して小袋を取り出した。

「ありがとございます」

シルヴィアはまず契約書を受け取り、読む。

そしてサインをすると、契約書に指をトン、と置いた。

『永劫《えいごう》の時間、この契約を有効にせよ――【契約《コントラクト》】』

「「なっ!?」」

母親も、そばにいた執事も驚く。

「魔術契約しました。ゆうこうになりました」

シルヴィアの母親も執事も、あまりのことに呆気《あっけ》にとられる。

「……お、お前は……その魔術……」

魔術契約は聖魔術の一種だ。

使える魔術師は非常に少なく、魔術契約しなくてはならない場合は王城にいる魔術師に依頼し、高い金を払ってかけてもらうのだ。

それなのに、娘はいとも簡単に使った。

聖魔術の属性ではないのに……。

動揺している母親に空っぽの目を向け、シルヴィアは抑揚《よくよう》のない声で答える。

「生活魔術です。生活には、契約はひっすです」

「はぁ!?」

そんなわけないだろう、と、シルヴィアの母親はツッコみたくなったが、そもそも生活魔術など聞いたこともない属性で、少なくとも貴族にはいない。だから、できて当然、のように答えるシルヴィアに何も言い返せない。

二の句が継げない母親に、ペコリとシルヴィアは頭を下げる。

「城塞をくれてありがとございました」

母親は出て行くシルヴィアを見つめながら、追放したのは浅慮《せんりょ》だったかもしれないと、いまさら思い始めた。


シルヴィアは三歳くらいまで、今よりは普通に育てられていた。

両親は政略結婚だ。

魔獣討伐筆頭魔術騎士として有名な貴族なので、自身が魔術騎士団長であるならば王族と、公爵家領主としての才腕《さいわん》があるのならば魔術騎士団長と婚姻《こんいん》を結ぶ。

歴代、ヒューズ公爵家にとって利のある相手との結婚と割り切っていて、愛情など互いにない。

シルヴィアの両親も歴代同様、父親は魔術騎士として、母親は領主としての仕事を第一に考え、他は二の次だった。

自分たちの子はスキルと魔術を見てから使い途《みち》を考えようという考えで、子に対しての愛情など欠片《かけら》もない二人だった。

シルヴィアは第一子だったので弟が生まれるまでは乳母《うば》と使用人がめんどうをみていたが、母親が第二子を懐妊《かいにん》してからは母親の手助け、弟が生まれてからは乳児のめんどうをみるために乳母はそちらへ行き、屋敷のほぼ全ての使用人もそちらにかかりきりになり、シルヴィアは放置された。

——放置されたシルヴィアは、弟ができたことも知らされず、ただ誰も世話する人がいなくなったことだけを理解した。

そもそもが、両親にも使用人にもまったく期待していなかった。もともと「あれらはそういうもの」と思っていたので、幼いながらも自力で生きる術《すべ》を身につけようとし、環境に適応するべく今の魔術を授かったのだった。

そのことを、周りはわかっていなかったが、シルヴィア本人だけは察していた。

なぜなら、それらがなければ生きてはいけなかっただろうなと思っていたから。

——単に炎の球を敵に投げつけるだけの魔術を覚えたところで何になるのだろう。私が生きるためには、そんなものよりもっと必要なことがある。

シルヴィアは、父親が魔術を披露し自慢げに話すのを見かけたとき、そんなふうに考えた。

契約書をもらった翌日、シルヴィアは、鶏《にわとり》、牛、馬、山羊《やぎ》、羊、豚を供《とも》に、幌《ほろ》を張った荷車を馬に引かせて一人旅立った。屋敷の誰一人としてシルヴィアが旅立ったことすら知らないまま。

……と、はたから見ると悲惨《ひさん》な状況だが、シルヴィア本人はいたって気楽で、かつ浮かれていた。

なんの対価も義務もなく、城塞を我が物にできたのだ。そして、それを知らされたあのときに、また、新たな詠唱《えいしょう》を覚えた。

【契約】と【支配】。

【契約】は、契約した書類を魔術で縛る。契約書を見せられれば、その契約の内容に従わなくてはならない。

【支配】は言葉こそ悪いが、群れのリーダーと認識させる魔術だ。今、お供の家畜《かちく》――シルヴィアとしては部下の認識だが――にかけて、シルヴィアをリーダーと認識させている。

シルヴィアの両親はわかっていなかった。

シルヴィアの属性魔術は、生活において必要なことを実現したり手助けしたりするためのもの。

しかもそれは、シルヴィア自身が『生活にひっす』と感じたならば、魔術として実現するという、前代未聞《ぜんだいみもん》の魔術だったのだ。

シルヴィアの両親は知らなかった。

魔物とは、この国で討伐対象と決められている魔獣だけではない。この世の全ての物が、魔物なのだ。

つまり、シルヴィアのスキル『魔物を倒したら魔力が溜まる』は、雑草を駆除《くじょ》して魔力を得られ、木の実を食べて魔力を得られ、花を摘《つ》んで魔力を得られ、虫を殺して魔力を得られ、なんなら食事するだけでも魔力を得られる、ということなのだ。

シルヴィアは、それらを誰かに言うつもりはなかった。

使用人はもちろんのこと、両親にすらなんの感情も向けていなかったからだ。

理解してもらおうという気持ちも、愛情を乞《こ》うようなこともない。

自分基準の者たちに囲まれて、誰もが自分以外に愛情を向けていない状況で育ってきたから、シルヴィアも自分にしか興味を持っていなかった。

唯一心を許している家畜たちとともに、呑気《のんき》に城塞へ向かう。

急ぐ旅ではないし、今までも一人でなんでもやってきた。家を出ても同じだ。

歩くのに飽きたら荷車に乗り、しばらくしたら降りて皆と歩く。

皆が疲れたり腹を空かせたりしたなら、休憩《きゅうけい》する。

そんなふうにしてゆっくりと進み、途中にあった広場で休憩していると、男がふらりとやってきた。

二章 ―― エドワードの場合

　エドワードは、父が政府高官に就いている侯爵《こうしゃく》家の次男として生まれた。

両親の良い部分を受け継いだ容姿は秀麗《しゅうれい》で、背が高く、運動神経が非常に優れていた。

授かったスキルは『感覚器官強化』で、属性魔術は『風』だ。

ずば抜けた運動神経とスキルを合わせ持った彼に剣術ではかなう者がおらず、さらには魔術の才もあり地頭《じあたま》も悪くない彼は、貴族学園では常にトップの成績だった。

卒業後は、騎士を志望した。

家柄も成績も良かったために第三王子の近衛騎士《ロイヤルガード》に抜擢《ばってき》され、近衛騎士団の中での地位もどんどん上がっていった。

学生のときに次席だった男とは親友になり、一緒に騎士団に入団して何かと二人で支え合っていた。

　上司、部下、同僚《どうりょう》にも何かと頼られ、いともたやすくそれをこなすと、「エドワードは頼りになるな」「さすが、エドワードさん！」「エドワード先輩はすごいです！」と感謝を浴びせられていた。

自分を支えてくれる親友、そして信頼を寄せてくれる第三王子。慕《した》われ頼りにされている職場。

それが、何も見えていなかった、ただ表面の輝きのみを信じていた頃に見えていたエドワードの環境だ。

――だが唐突《とうとつ》に、それは幻だと知らされた。

*

その日は、上司から呼び出しがあったので騎士団の詰め所を朝から訪れた。

エドワードが部屋に入ると突然、上司が号令をかける。

「よし！　今だ！　捕縛《ほばく》しろ！」

エドワードが呆気にとられていると、同僚たちがなだれ込み自分を捕縛してきた。

このときになってもエドワードは「演習の一環かな？」などと考えていたのだ。

抵抗したほうがいいのか、いや、すでに捕縛されているから抵抗するのもないかなと、呑気に考えていた。

だが、少しずつ何かがおかしいと思い始める。

演習にしては、抵抗していない自分を取り押さえる力が強く乱暴で、皆の視線が冷やややかなのだ。

「……えーと？　これは、何かの演習なのか？」

「ちょっと……何も聞かされていないんだが。これ、いつ終わるんだ？」

そう同僚に投げかけても、蔑《さげす》むような顔を向けられるだけで答えてくれない。部下も、上司も、騎士団にいる全員が同じ表情をしていた。

エドワードは、漠然《ばくぜん》とした不安に囚《とら》われる。

いったいこれはなんの真似なのか、いつ縄を解いてくれるのか……と考えていたら、引っ立てられ、そのまま護送されてしまった。

そして、何事かわからないまま牢屋《ろうや》に入れられた。

「……いったい、何が起こってるんだ？」

エドワードは自失したまま牢屋で過ごし、そして呼び出されて取り調べを受けた。

そこで、調査官から衝撃的なことを告げられる。

「エドワード・レオナルド。貴殿には第三王子暗殺未遂《みすい》の容疑がかかっている」

「…………は？」

エドワードは混乱した。

「誤解だ！　そんなことはしていないし考えたこともない！」

エドワードは大声で必死に主張したが、

「言い逃れは無駄だ。証拠と証言がある」

と、調査官に告げられた。

エドワードは呆然《ぼうぜん》としたが、再び怒鳴った。

「そんなことがあるはずがない！　俺はやってないんだから！」

「言い逃れは無駄だと言っただろう!?」

調査官に何度も自供《じきょう》しろと迫られ、エドワードはやっていない、無罪だと主張する。

平行線のまま裁判になるかと思いきや……唐突に証拠不十分で無罪と言い渡され、釈放《しゃくほう》された。

エドワードは、ようやくわかってもらえたと思っていた。

そう、信じていた。

……だが、事実は違った。

第三王子の近衛騎士は解任、それどころか、騎士団から解雇《かいこ》の通知が届いたのだ。

「違います！　俺はやってないんです！　無実だったんです！　だから無罪で釈放されたんですよ！」

エドワードは騎士団に赴き上司に訴えたが、鼻で笑われた。

「単に、レオナルド侯爵家の力でもみ消しただけだろう？　お前が親友だとか言っていたジャコモが証言した。証拠も提出していたよ」

エドワードは、上司から言われた言葉がとっさに理解できなかった。

「え？　ジャコモは俺の無実を信じていたでしょう？」

と、とぼけたことを言ってしまうと、バカにしたように笑われた。

「ハッ！　牢屋帰りで耳がおかしくなったか。ジャコモは泣きながら、『親友を訴えるのはつらいが自分には騎士団としての信念がある』って訴えて、証拠を提出したよ！」

エドワードは愕然《がくぜん》として立ちすくむ。

嵌《は》めたのは奴だ、と、このとき悟った。

上司が愕然としているエドワードを傷つけるように当てこすり、吐き捨てる。

「第三王子の近衛騎士筆頭は、奴になった。前任者のやらかしのせいで信用回復は大変だったろうが、すでに第三王子から厚い信頼を得ているようだ。安心したよ」

エドワードはそれを聞いて、何が起きたのかをようやく理解した。

――親友だと思っていた男は内心、自分を疎《うと》んでいたのだ。

提出したという証拠は、逆にジャコモがエドワードを陥れたという証拠だ。だって、エドワードは無実なのだから。

ジャコモは、第三王子の信頼を得るために、そしてエドワードを妬《ねた》ましいと思っていたがために一連の冤罪《えんざい》騒ぎを起こしたのだ。

ジャコモも優れていたが、すべてにおいてエドワードには一歩及ばなかった。

そのことに悔しいそぶりなどいっさい出さず、「お前はすごい奴だなぁ。俺はお前のような男と親友になったことを誇りに思うよ」などと調子の良いことを言っていた。

そうやって周りを欺《あざむ》き、虎視眈々《こしたんたん》と機会を狙い、見事にエドワードを陥れたのだ。

自分を含めた皆が奴の虚像を信じた頃、自分を罠《わな》に嵌めるための作戦を決行し、捏造《ねつぞう》した証拠を持って涙ながらに親友を訴えなければならない心苦しさを語ったことで、誰もが騙《だま》され、エドワード以外はジャコモの言葉と捏造した証拠を信じたのだ。

実の父でさえもだ。

思えば、『証拠が揃っている』という主張を途中で翻《ひるがえ》し、『証拠不十分』などと言って釈放してきたのはおかしい。

それは、証拠が不十分なのではなく、父が侯爵家と自身の名誉のために金や伝手《つて》を使ってもみ消したからだ。

……あれだけ自分は無実だと、これは冤罪だと主張したのに、父は信じずに証拠を握りつぶすことを選んだのだ。

その証拠を探ってくれれば、親友がやったという証拠になったというのに！

帰宅したエドワードは、父に呼び出された。

「不始末を挽回《ばんかい》するために一から這《は》い上がってこい。それまで、侯爵家を名乗ることは許さん。ここからも出ていけ」

と、事実上の勘当《かんどう》をされた。

エドワードは昏《くら》い瞳を父に向ける。

「……どうして証拠を握りつぶしたんですか」

エドワードの父は怪訝《けげん》な顔をしたが、なんでもないことのように言った。

「不名誉だからだ」

「………………そうですか」

エドワードはそれ以上言わなかった。

父と対峙《たいじ》するまでは、『陥れられたのだ、あれはその証拠になったのだ』と訴え、なじるつもりだったのに。

エドワードは何も言わず、父に背を向け執務室を出て行った。


エドワードの世界は一変した。

あれだけ信頼をおいてくれていた第三王子、今まで頼りにしてくれていた騎士団員は、誰も自分が無実だという主張に耳を貸さず、侯爵家の力で証拠を握りつぶした犯罪者だとエドワードをなじった。

あたかも、今までもそう思っていたかのように。

エドワードの父は、再度騎士団に入団し平民の下級騎士団員から上りつめろという意味でエドワードを勘当した。本当に無実にしろそうでないにしろ、エドワードの実力ならたやすいだろうと考えて、だ。

だが……。

エドワードは自分を取り巻いていた全員に絶望した。

誰もが自分を信じていないのに、なぜ信じてもらう努力をしなければならない？

——なら、奴らが思うとおりの卑劣《ひれつ》で最低な人間になればいい。

自分の持ち物や侯爵家で目に付いた高価な品をすべて金に換え、第三王子から賜《たまわ》った剣さえ売り払い、エドワードは出奔《しゅっぽん》した。

途中で騎士団の詰め所に忍び込み、自分が途中まで行っていた作業や作りかけの書類はすべて破棄《はき》し、用意していた騎士団の給料を勝手に退職金という名目にしてすべて持ち去った。金を貸していた団員の借用書は高利貸しに売り払った。

足りない分は、ソイツの部屋に押し入り、金目の物を持ち去って売った。そして、王都から姿を消した。

エドワードは素性を隠し放浪した。

本来、貴族なら平民の暮らしに耐えられないのだが、エドワードは下っ端のやるような雑用を頼まれ平民と同等の扱いも受け入れていたため、野宿も粗末な食事も汚い宿もまったく問題ない。だが、侯爵子息なのに平民と同じ暮らしを耐えられる環境にいたことが、貴族学園でも騎士団でも陰湿なイジメや嫌がらせを受けていたという事実に他ならない。

それにいまさら思い至り、エドワードはさらに絶望を深くした。

「もう、二度と人を信じるものかよ……！　お人好《ひとよ》しは、こんな世界じゃ利用されて最後は嵌められ殺されるだけだ。なら、俺が世間を欺き利用し尽くしてやる。利用しようと近づいてくる奴は、すべて返り討ち以上の目に遭わせてやる……！」

手のひらを返したかのように人を信じず狡《こす》っ辛《から》くなり、商人の真似事で詐欺まがいのことをして暮らすようになった。

もともとは黒髪だったが、ストレスのせいか大半白髪になった。今は部分的に黒が残る程度だ。

昔は騎士団員ゆえに背筋を伸ばし、上背と鍛え上げた身体もあって仰ぎ見るような雰囲気だったが、今はすっかり筋肉が落ち、粗末な食生活で細くなってしまった。

流れ流れて、現在は公爵領を放浪している。

「……あっ、一足遅かったか……」

途中、女性に話しかけられ愛想良く返事をしていたら乗合馬車の時間に間に合わず、走り去る馬車を見送ることになってしまった。

「次の町までさほど遠くもないか。ま、軽く運動がてら歩くのもいいかな」

エドワードは頭をかくと、馬車を追うように歩き出す。

「さすが公爵領。整備されていて歩きやすいし、景色もなかなかだ」

周囲を見回し楽しみながら歩いていると……。

「……ん？　なんだアレ？」

遠方に不思議なモノを見た。

それは、牛や山羊などのたくさんの家畜とともに歩く幼女だ。

エドワードは幼女と家畜を呆《あき》れながら見て、独《ひと》りごちた。

「おいおい、いくら公爵領が安全だからって、不用心すぎるだろ」

おおかた親の使いで家畜を売りに行くのだろうが、人さらいや野盗《やとう》が皆無《かいむ》というわけじゃない。運が悪ければ魔物にだって遭遇する。

あんな幼い子一人じゃ、悪い連中に家畜を根こそぎさらわれ、ついでに幼女もどこかに売り払われるだろう。ソイツらに目をつけられなくても、今度は魔物に目をつけられて、全員食べられて終わりだな。

そう思って見ていれば、幼女と家畜は道を逸れた。草原が広がり水場もあるので、休憩するのだろう。

エドワードは通り過ぎる予定だった。

自分が次の町に着いても彼女たちは着かないだろう。そう考えながら。

……だが、エドワード自身もいつの間にか道を逸れていた。

三章　──出会い

草を踏む音がする。うずくまっていたシルヴィアが顔を上げると、男がこちらに向かって歩いてきていた。

背が高く、眼鏡をかけていて猫背。〝優男《やさおとこ》〟といった雰囲気だ。

優男は、片手を挙げて挨拶《あいさつ》をしてきた。

「よう。お嬢ちゃんは何をしているんだ？」

シルヴィアが感情の浮かばない瞳で優男を見つめると、優男がたじろぐ。

しばらくの沈黙の後、シルヴィアは答えた。

「…………おなかすいたので、ごはんつくってます」

優男は、その言葉が意外だったようだ。

「食事を？　──あれ、いつの間に鍋を火にかけたんだ？　早くないか？」

優男は、シルヴィアが鍋をかき回しているのに驚いていた。

シルヴィアは答えず、鍋をかき回す。

優男は反応の鈍いシルヴィアを困ったように見つめ、それでも話しかけた。

「——まぁいいか。ちょっともらえないか？　代金は払うよ」

ホラ、と銅貨を見せられた。

シルヴィアは、しばらく銅貨を見つめる。

優男が不安そうな顔になり「やっぱいい——」まで言いかけたとき、

「いいよ」

と答えた。

「——うん、大丈夫じゃないな、この子」

優男は一人で納得した。

無言で鍋をかき回すシルヴィアに、優男は尋ねる。

「俺はエドワード。旅の商人だよ。お嬢ちゃんの名前は——ってその前に、これからどこに行くのかな？　見たところ家畜を連れてるみたいだけど——放し飼いだけど、いいの？どっかに行っちゃわない？」

優男——エドワードはソワソワして周りを見渡す。

「私はシルヴィア・ヒューズです。城塞もらったのでいくとちゅうです。家畜は私のいうことをきくのでどっかにいかないし、よべばくるからほっといてへいき」

エドワードは、まばたきを何度かした。

「ヒューズ？　……って、ここの公爵家じゃない？」

エドワードが尋ねてきたので、シルヴィアはコクリ、とうなずいた。

「いやいやいや。うん、じゃなくてさ。そういう冗談は、言ったらまずいだろ。もしもバレたら捕まっちゃうよ？」

エドワードが慌てた口調で否定すると、シルヴィアがまた感情のない瞳をエドワードに向ける。

「じょうだんしらない。私はシルヴィア・ヒューズです」

そして、懐《ふところ》に手を突っ込むと紙を突き出したので、エドワードは驚いたようにのけ反った後、しげしげと紙を見ている。

何度か繰り返し読み、愕然とした声でつぶやいた。

「…………マジか」

「マジです」

そこには確かにヒューズ公爵家の押印《おういん》と、『城塞と、それに関するすべての権利をシルヴィア・ヒューズに譲る』と書いてあるのだった。

＊

エドワードは、とんでもなくめんどくさいことに首を突っ込んだかもしれないと、じわじわ思い始めてきた。

世間知らずのお嬢ちゃんから家畜の一匹でもくすねて世間を教えてやろうと思ったが、彼女の終着点は次の町じゃない、城塞だと聞いて、これはヤバいと考えたのだ。

何しろ、このお嬢ちゃんは近くにある村からではなく、領主の屋敷から出発してここまで到達しているのだ。

先ほど見せられた紙は本物だ。公的文書用の紙を用いてあり、押印も本物だった。

エドワードは、護衛がどこかに潜《ひそ》んでいるのか？　と思わず辺りを見回してしまった。

すると、シルヴィアは抑揚のない声で尋ねてきた。

「どうしたですか」

エドワードは動揺しつつ、もう少しシルヴィアから探ろうと質問を投げかけた。

「い、いや？　お嬢ちゃんは、一人でここまで来たのかな？」

「そうです。いらない子になったので、いらない城塞もらってそこに一生いろといわれました。だから、城塞でくらすです」

エドワードはシルヴィアから予想外の返事を聞き、相づちを打たず黙って目を瞬《またた》いた。

シルヴィアはまた鍋に目を移し、かき混ぜる。

「できました」

シルヴィアはそう言うと、いつの間にか用意されていたお椀《わん》によそい、エドワードに突き出す。

エドワードは無意識に受け取り、それをすすり――

「ブホッ！」

噴いた。

咳《せ》き込んだ後、エドワードはシルヴィアに怒鳴った。

「おい！　なんだコリャ⁉」

シルヴィアは初めて虚をつかれたような顔になった。

「ごはんです」

「嘘だろ⁉　……いや、確かに幼女が作る料理か……」

エドワードは、あまりのまずさ――いや、味のしなさに震えた。

すると、シルヴィアが一言。

「えいようはたりてるはず」

エドワードはすかさずツッコんだ。

「幼女が栄養を考えるなよ！　味を追求しろ！　……あーっもう、貸せ！」

エドワードは、マジックバッグ《魔法鞄》から干し肉を取り出し、削って入れ、他にも少し調味料や香草で味を調《ととの》え始めた。

「俺、確かに元の育ちのわりにはまずい飯でも食えるよ？　食えるけど、それでもここまでひどいのは食ったことがねぇよ。つーか、もしかして俺って料理の腕がいいのか？」

ブツブツ独り言を言いつついろいろ加えた後、味見してうなずいた。

「うん。調えりゃ食えるな。つか、俺ってやっぱ天才だわ」

そう納得すると、器によそってシルヴィアに手渡した。

「これが、栄養よりも味を追求した結果だ。食ってみ？」

シルヴィアは言っている意味がわからないと首をかしげつつ、一口する。

すると、カッと目を見開いた。

目を見開いたまま、エドワードに顔を向けて言う。

「エドワードはてんさいです」

「だよな！」

上機嫌でエドワードも食べた。

――食べつつも、エドワードは辺りの気配を探る。感覚器官上昇スキルと風魔術を使い、護衛が潜んでいないか、そのかすかな音を聞き分けようとした。

しばらく探った結果、誰も――人っ子一人いないことがわかった。

いるのは、馬と、牛と、山羊と、羊と、豚と、鶏。家畜たちが呑気に草を食《は》み、水を飲んでいるだけだ。

なんで無事にここまでたどり着けているんだ……と思ったが、このまま進めば絶対にどこかで野盗や人攫《ひとさら》い、いや普通の連中だって見逃さず、家畜は一匹残らず捕まえられて彼女自身は売り飛ばされるだろう。

——だが、関係ない。自分には関係ない。

そう言い聞かせる。

そもそも、今までエドワード自身が人を陥れてきた。

さすがに人身売買はないが、詐欺まがいの行為はたくさん働いてきた。

さんざん人を騙してきたのに、いまさらこんな幼女、しかも公爵家令嬢なんて地位の高い奴を——いくら追い出されて一人でここまで歩かされたからって——城塞をもらったような金持ちのお嬢ちゃんを——というか、たぶん一人で城塞に行けって言われたのは途中で野たれ死ね、ってのと同義だよな——助ける義理なんてない。

だけど……。

「——俺も、次の町に行く予定だから、そこまでは一緒についていってやろうか？」

と、エドワードはシルヴィアに言ってしまった。

食事と休憩を終えた二人と家畜は、てくてくと道を歩く。

道中でエドワードは、聞かない方がいいと思いつつもシルヴィアから身の上話を聞いてしまった。

そして、やはり聞かなければ良かったと後悔した。

エドワード自身、陥れられて、平民堕《お》ちした。ひどい有様だ。

でも、シルヴィアもそうとうひどい。下手したら死んでいただろう。

どう考えてもその『生活魔術』なる謎魔術が発現しなければ、れっきとした公爵家の御令嬢なのにもかかわらず誰も気付かないうちに餓死《がし》していたはずだ。

シルヴィアの属性魔術である生活魔術は、彼女の両親が全貌《ぜんぼう》を知ったら決して城塞に向かう途中で野たれ死ね、などと命令しないであろうという便利魔術なのだ。騎士団にだって知られたら、間違いなく欲しがる。

何せこの魔術、シルヴィアが杖代わりの長い棒で地面を叩くと、なぜか簡易竈《かんいかまど》が出来上がるのだ。

さらに叩くと、小枝が積み上がり、火が燃え上がる。

竈を叩くと鍋が現れる。

鍋を叩くとしゃもじが現れ、それで鍋を混ぜると謎の食料が現れる。意味不明の謎魔術だった。

……ただし、この中身は、味も見た目も最悪のドロドロした液体なのだが。

器も何もかもが叩けば現れるし、その他、現れたものを叩くと消えたりもするし、追加で何か別のものが現れたりもする。

つまりは、術者であるシルヴィア本人の意思しだいなのだろう。

さらにすごいのは、シルヴィアのこの魔術には生活の支援魔術だけではなく、普通に魔獣も倒せる攻撃魔術もあるのだ。

まだ出会ってから短時間だし日中だから野盗は出なかったのだが、数回魔獣と出くわすことがあった。

四足歩行の獣タイプで、かなりの大型だ。エドワードが気付いたときにはすでにこちらに気がついていたようで、突進してきた。

「チッ！」

エドワードは舌打ちし、どう倒すか悩んだ。

ふだんならもう少し気をつけていて、風魔術で音や体臭をごまかし、発見されないうちに逃げていた。

長剣を持っていたらこんな魔獣は敵ではないが、あいにくと売り払ってしまい短剣しかない。

しかも、足手まといのシルヴィアと家畜たちがいるのだ。

どう戦うべきかを算段していると、シルヴィアが何かを取り出した。

それは、スリングショットだった。

止める間もなく、流れるように構え、小石を撃つ。

すると、見事、魔獣の片目に当たり血しぶきが飛ぶ。

「グワッ!?」

という声を上げ、魔獣がのけぞる。

さらにシルヴィアが追撃の小石を撃つと、のけぞったことによって露《あら》わになった喉に当たり、穴を開けていた。

エドワードは呆然と立ちすくんでしまった。

こんな小さく細い子の力で放ったスリングショットの弾が魔獣の硬い皮膚を貫通するなど、あり得ない事態だからだ。

「……幼女の威力でなんで倒せるの？」

エドワードはつい、つぶやいてしまった。

シルヴィアはエドワードのつぶやきを聞き、答える。

「生活魔術の一つ【害獣駆除《エクスターミネーション》】です。生活には、くじょはひっすです」

「うん、何を言ってるのかわからない」

エドワードはぼやく。

その後、ふと気付き、今度はちゃんとシルヴィアに尋ねた。

「もしかして、野盗に遭わないのって何かの魔術か？」

シルヴィアはうなずいた。

「みんなと旅することになって覚えた、【防犯《セキュリティ》】つかってます」

「なんでもアリだね！」

自棄《やけ》になってエドワードは叫んだ。

（つか、ホントにコイツの両親はナニ考えてコイツを放逐《ほうちく》したの？）

と、エドワードは内心考えながら、なんの感情も見せないまま語り終えたシルヴィアを眺めた。

……このときのエドワードには、『シルヴィアたちを囮《おとり》にして逃げる』ということが念頭になく、あとで思い返して「何やってんだ俺、お人好しの考えは捨てたはずだろ」と、頭を抱えるのだった。

夕暮れになるとシルヴィアが、

「そろそろ休むです」

と、つぶやいて、道を逸れて草むらに向かって歩いた。

野営をするつもりだろうが、こんな何もない——というより休憩する場所じゃないようなところで休憩をするのか？　と、エドワードがいぶかしんだら、シルヴィアがまた謎魔術で休憩場所を作っていた。

何か小声でつぶやきながら棒で地面を叩くと、そこそこの範囲の雑草が消え、平らな地面ができた。

「……ソレって、なんて詠唱なんだよ？」

エドワードが尋ねると、シルヴィアは答えた。

「【休憩場所構築《レストエリア》】です」

「お前、テキトーなネーミングでごまかしてねーか？」

そんな名前の魔術はないだろ、と、エドワードはつぶやいた。

エドワードがお手並み拝見とばかりにあえて黙って見ていたら、もう無茶苦茶だった。魔術が。

シルヴィアが手に持った棒で荷車を叩けば勝手に綱が外れて馬は自由になり、荷車が変形して簡易の幌つきテントになった。せいぜい雨がしのげる程度だが、じゅうぶんすぎるだろう。

と、思ったら今度は何かを地面に撒《ま》いて棒で地面をノックすると、あっという間に芽が出て葉が生い茂った。それを、家畜たちが食べている。

さらに、またノックすると水場が現れる。

どっから生えた、という感じで石が現れ、その天辺《てっぺん》のくぼみから静かに水が湧き、溢《あふ》れ零《こぼ》れ出た水が、一段低い石のくぼみに溜まる。それを家畜たちが飲んでいる。

そしてお決まりの、竈ができて、火が点《つ》き、鍋が載せられる。

「……もう、野営の大変さをバカにしたような結果だけど、幼女一人でここまでこられたのがどうしてかわかった。あとは俺がやるからもう休んでいいぞ」

するとと、シルヴィアが見たこともないほどの輝く瞳でエドワードを見つめたので、エドワードはたじろぐ。

瞳をキラキラさせたまま、シルヴィアは一言放った。

「エドワードはてんさいです」

「……わかってる。美味《うま》い食事を作ってやるから」

餌付《えづ》けしたかな、とエドワードは苦笑し準備を始めた。

エドワードは、シルヴィアがしとめた魔獣を捌《さば》いて、一部分をマジックバッグに入れてきていた。

腐らない魔石と、一番美味いとされる部位の肉だ。

専用の紙にしばらく包んで血抜きをし、適当な大きさに切った後、風通しをよくしつつぶら下げて歩いていれば乾燥して、数日経てば干し肉になる。

今日明日で食べる分は紙に包んでマジックバッグに放り込んであり、残りは干し肉にしようと荷車に吊《つる》したのだ。

荷車が変形したときにエドワードは干し肉どうなった、と思ったが、ちゃんと干されたままだった。

エドワードは手持ちの鍋で肉を焼き、香草と塩をふる。

道の途中で摘んだ野草は湧き出た水で洗ってちぎり、肉を焼いた鍋に酒とビネガーと塩を追加してこそげ落とすように混ぜ、野草にかける。

シルヴィアが出した鍋に水と干し肉と干し野菜を入れて、塩で味を調える。

「よし、こんなもんかな。……器は出せるのか？」

エドワードがシルヴィアに尋ねると、『うつわ、うつわ』と、シルヴィアが慌てたように何度もノックした。

すると、ガラガラと食器が現れる。

慌ててエドワードがシルヴィアを止めに入った。

「待った！　こんなにいらねーから！」

やれやれ、と思いながらエドワードは現れた皿とお椀を取り、よそって差し出した。

「乾パンしかないけど、いいか？」

シルヴィアは瞳を輝かせたまま、答えた。

「エドワードはてんさいです」

「わかったから。答えになってねーから」

繰り返すシルヴィアにエドワードが辟易《へきえき》して言った。

——現在、エドワードは困ったように天を仰いでいる。

シルヴィアが、エドワードの膝枕で眠っていたからだ。

なつかれてしまった、と後悔していた。

野営ではぐっすり眠ることはできない。いつ何が襲ってくるかわからないからだ。

だが……シルヴィアの魔術で、よほどのことがない限りは襲われないのだろう。

こんな調子でずっとここまでやってきたのなら、運がいいよりも【防犯】とやらがかなりの高度な魔術だというほうが納得できる。

自分が無意識にシルヴィアの髪を撫《な》でているのに気がついて、舌打ちした。

「……どーすんだコレ、俺」

責任なんて持てない。

守る義理もないし、ついていってやる義理もない。

金も持ってなさそうだ。野たれ死ねと追い出されたのだから、無一文だろう。

だから、見捨てた方がいい。そうすべきだと頭ではわかっているのだが……。

「……だけど、コイツの魔術はかなり使えるよな。……うん、そうだ。俺は、この魔術目当てで一緒にいるんだ。こいつの魔術があれば道中が楽になるし、金もだいぶ浮く。それに、もしかしたら城塞に金目のものがあるかもしれねーし。よし、そうだな、それが目当てなんだ」

しばらくして、自分を納得させる言い訳をなんとか立てられた。

エドワード自身に行くあてなんてない。

だから、次の町でオサラバしてもいいし、気まぐれに城塞までついていって、城塞で金目のものを駄賃《だちん》代わりに盗んで売ってしまってもいい。

そう考えることで、ようやく内心の困惑を押さえつけ、シルヴィアを見た。

「おい、人のズボンに涎《よだれ》を垂らすなよ」

エドワードが顔をしかめながら言って、手拭《てふ》きを取り出してシルヴィアの顔の下に敷く。

シルヴィアがムニャムニャ言いながらエドワードの膝にすがるので、エドワードの困惑はより深まってしまった。

＊

夕飯を食べ終えると、家畜たちはシルヴィアの近くで、寄り添って眠った。

いつもはシルヴィアも家畜たちと寄り添って眠るのだが、今日は違う。エドワードがいるのだ。

シルヴィアは、こんなに長く会話をしたのは初めてだった。

最初は、驚いた。

自分に話しかけられているとも思えなかったが、誰もいないので自分だろうと思って答えた、ってくらいだ。

そして、ビックリするほど優しかった。生まれてから人に親切になどされたことのないシルヴィアには驚きの連続だ。

ごはんがほしいというからあげたら、それを使ってさらに美味《おい》しいものを作ってくれた。すごい人だと尊敬した。

さらには、ついてきてくれると言う。

道中もいろいろ話しかけてくれて、人と話すことに慣れていないシルヴィアは言っていることがわからなかったり言葉足らずだったりしたが、根気よく相手をしてくれた。

シルヴィアは、幼少からほとんど人に接していないため、〝他人〟というものがよくわからない。

家畜たちのほうが、よほど心を通わせられる。

そう思っていたのだが、初めてと言っていいほど近くで接したエドワードがとても親切だったため、ここにきてようやく〝他人〟というものを意識し始めた。

エドワードは、カッコよくて親切で、一緒に歩いてくれて、美味しいごはんを作ってくれる。

シルヴィアは、初めて「誰かと一緒にいると楽しい」という気持ちを抱いた。

それが一時的なものだとしても、今は楽しい。

だから、エドワードと一緒にいるときは、くっついて寝たい。

そろそろ寝る、となったときにエドワードが困った顔で、

「……えーと、聞かなくても答えはわかってるが、聞かせてくれ。本来、こんな場所で野営……つまり寝たりするのは危険で、誰かが寝ずの番をした方がいいんだよ。でも、シルヴィアの魔術でしなくていいんだろうな？」

「そうです。【防犯】の魔術があるからしなくていいです」

「……だと思った。じゃあ、俺も寝てしまって大丈夫なんだな？」

「へーきです！　いっしょねましょう！」

シルヴィアは、ワクワクしながら言った。

「……え……」

エドワードが戸惑っている。

シルヴィアは、家畜たちのそばの、厚い布が敷かれた辺りをポンポン叩いた。

しぶしぶといった感じでエドワードがそこに座ると、シルヴィアはウキウキしながら毛布を持ちだし、エドワードの膝に頭を置いた。

「え、ちょ」

エドワードが動揺した声をあげたが、シルヴィアは気にせず、

「おやすみなさいです！」

と、宣言し、眠りについた。

――途中、ふわふわと髪を撫でられているのを夢現《ゆめうつつ》に感じ、シルヴィアは初めて『幸せ』という感情を味わったのだった。

＊

翌日、元気はつらつに起き上がったシルヴィアとは対照的に、どんよりした気分でエドワードが目を覚ました。

エドワードは、かつてのいきさつから、あまり他人に親切にしたくないと思っている。

だが、シルヴィアは幼女。

幼女が裏切るわけがない。いや、狡っ辛いストリートキッズなどもいるので油断はできないが、シルヴィアの表情筋どころか瞳の輝きすら死んでいる顔と、公爵令嬢という肩書き、そしてあの契約書、それらを合わせると、エドワードを裏切る要素など何一つないはずだ。

むしろ、裏切られるのは彼女のほう。

この場合、裏切るのはエドワードだ。

……そう考えると、物心がつく前からひどい扱いを受け続けた幼女を裏切ることなどできない。それは、自分がこの世で一番恨み憎んでいる男と同じところまで堕ちるということだ。そう考えていた。

「……だけど、その甘さにつけ込まれることもあるからな……。気を引き締めていかないと」

シルヴィアに親切にした結果、また不条理な目に遭わされるのだけは勘弁願いたいと考えている。

「よし、気持ちを切り替えていこう」

エドワードはそう言って手をパン、と叩いた。

シルヴィアといるのは便利だから。あと、幼女に優しくするのは犯罪者でもなければ当然のこと。特に、公爵令嬢に顔を売っておけばいろいろ得があるかもしれない。

そして、最終的に城塞に忍び込んで、シルヴィアを無事に送り届けた駄賃として金目の物をいただこう。

そう論理的に考えて、単なる親切心じゃない、と、自分に言い聞かせた。

「？　どうしたですか？」

シルヴィアがエドワードに話しかけてきた。

……最初に出会ったときより、だいぶ滑《なめ》らかに話せるようになってきたな。

エドワードはそう考え、フッと笑った。

「いや、なんでもないよ。これからまた歩くから、気合いを入れたんだ。旅の途中は、野盗に遭ったり魔物に遭ったりするからな、気を引き締めていこう」

そう言うと、優しくシルヴィアの髪を撫でた。


今日こそは野盗に出くわすかもしれないと気合いを入れて歩いたが――シルヴィアの魔術のせいなのか、本当に野盗に出くわさない。

正直、エドワードがほぼ手ぶらで一人旅をしていたときですら、野盗には何回か狙われたのだ。もちろん油断させたのち返り討ちにしてきたが。

かなり安全だと言われているヒューズ公爵領ですら野盗はいるし、家畜と幼女と優男の組み合わせなど、襲ってくださいと言っているようなものなのに、それでも遭わない。

――たとえ野盗が出てきたとしても、シルヴィアの腕前なら瞬殺かもしれないが。

「野盗は出ないけど、魔獣はちょいちょい出るよな」

まっすぐに突っ込んでくる魔獣を見ながらエドワードがぼやいた。

シルヴィアも魔獣を見ると、すぐにスリングショットを構えた。

「あんな弱っちいのは、簡単にやっつけられます」

連続してスリングショットで小石を放つと、右前足と額を撃ち抜かれた魔獣がつんのめるように倒れるのが見えた。

「うん、あの魔獣、実はあんまり弱っちくないんだよな。俺ですら、長剣がないとちょっと手こずるんだけどな」

手を額にかざし、倒れた魔獣を見ながらエドワードがぼやいた。


魔獣に襲われるアクシデントがあったにしろ、シルヴィアとエドワードは次の町まで安全かつ迅速《じんそく》に着いた。

町に着いたエドワードは、ふとその事実に引っかかりを覚えた。

……なぜ、こんなに早く次の町に着いたんだ？

シルヴィアの【防犯】やら【害獣駆除】やらの謎魔術は理解できないので、もうそういうものだと思うようにしている。

だが、エドワードが一番引っかかりを覚えたのは、シルヴィアや家畜の移動スピードだった。

青年であるエドワードと四足歩行の家畜はともかく、幼女と鶏が、なぜこのペースで歩けるのだろうか。鶏はわからないが、幼女なら普通は一刻もしたら足が痛くなり疲れて歩けなくなるはずだ。

自分の知らない謎魔術の一つかもしれないと考え、エドワードはシルヴィアに尋ねた。

「……なぁ。不思議に思ったんだが、なんでシルヴィアは俺や馬や牛と同じスピードで、しかも疲れもせずに歩けるんだ？」

シルヴィアはキョトンとしてエドワードを見た——のだろうが、エドワードには、無表情にシルヴィアがこちらを見たようにしか見えない。たぶん、キョトンとしているんだろうな、と感じ取ったのだ。

シルヴィアはなんてことないような感じで言った。

「【支配】の魔術のせいなのです」

今度はエドワードがキョトンとする。

「なんだその魔術？」

『私がリーダーです——【支配《ドミナント》】』

シルヴィアが唐突に言い出す。

エドワードは、何を急に言い出した？　と、戸惑いつつもうなずいた。

「そうだな。……確か最初に会ったときも言ったな」

一緒についていってやろうかと提案した後で、シルヴィアはそう言ったのだ。

そのときは、幼女の子どもらしい虚栄心かなと、「わかった、いいよ」とうなずいておいたのだが。

シルヴィアは、空っぽの瞳でエドワードを見つめながら言った。

「私をリーダーだと認めたら、私の言うことを聞くのです」

――エドワードは、その言葉をじわじわと理解していった。

生唾《なまつば》を呑《の》み込み、シルヴィアに尋ねる。

「……それが、【支配】の詠唱なのか？」

シルヴィアがうなずいた。

エドワードは、その魔術はシルヴィアだけではなく己自身にもかかっていることを瞬時に悟った。

エドワードはしまった油断した、と顔を白くする。気づかないうちにエドワードは、シルヴィアに支配されていたのだ。

シルヴィアは、相変わらず感情のない瞳で青白い顔のエドワードを見つめながら続ける。

「私をリーダーと認めたら、リーダーのために疲れないです。リーダーのために強くなるです。私もそうなるです」

それを聞いて、そういえば自分も全然疲れないな、とエドワードは思い至った。

エドワードの脚力なら、隣町まで歩く程度ならさほど問題はないが、それにしたって疲労感や軽い筋肉痛すら起きないほど全然疲れない、などということはないのだ。それがシルヴィアと出会ってからまるでないことに、いまさら気がついた。

……だが、たとえその利点があったとしても、他人に支配されるなんて、まっぴらごめんだ。

エドワードは油断した自分に内心舌打ちをしながら、やさぐれた感じでつぶやいた。

「――で？　リーダーが『死ね』って言ったら死ぬってか？」

エドワードの言葉を聞いたシルヴィアは驚いたのか目をパチクリさせた。ようやくシルヴィアの顔に感情が少し出た。

その表情を見てエドワードは落ち着いた。確かに、幼女がそんな命令を出すわけがないか、と少し安心する。

驚いた顔のまま、シルヴィアは返す。

「リーダーが言ったって、嫌なことはしないのが普通です。でも、リーダーの言うことはどこにいても聞こえます」

「あ、そういう魔術ね」

エドワードは拍子抜けし、そして納得した。

『言うことを聞く』というのはまさに言葉の通り、彼女の声が離れても聴こえるという意味らしい。

「声が聴こえるだけなら、家畜たちはシルヴィアが呼んでも無視するんじゃないのか？」

と、エドワードが尋ねたら、また驚いたのかシルヴィアが目をパチクリさせ、首を横に振った。

「無視しないです。そんな子たちじゃないです」

どうやらシルヴィアと家畜は、信頼関係を結んでいるらしい。

そうエドワードが感心していたら、

「エドワードも、私が呼んでも無視しないです」

と、シルヴィアが言いだして、エドワードは詰まった。

そんなワケねーよ、と言ってやろうかと思ったが、子ども相手にムキになって反発するのもかっこ悪いと、エドワードは黙ってシルヴィアの頭を撫でるだけにした。

「リーダー、か」

エドワードがボソリとつぶやくと、シルヴィアの前にひざまずいた。

「どうしたです？」

シルヴィアが戸惑った声を出したが、エドワードはそれに答えず、恭しく手で右胸を押さえ頭を下げて挨拶をする。

「リーダーであるシルヴィア・ヒューズ様に、貴族令嬢として接したほうがよろしいでしょうか？」

エドワードに臣下の礼で挨拶をされたシルヴィアは、度肝《どぎも》を抜かれて立ち尽くした。今まで、そんなふうに丁寧に話しかけられたことが一度もなかったからだ。

どうしていいかわからず、内心オロオロとして、立ちすくむだけだ。

エドワードは、してやられた感があったので、ちょっとからかってやろうと思ってやったのだ。

この俺の態度を見て調子に乗ったらすぐさま別れてやる、呼ぶ声も無視してやる、と、考えつつエドワードが顔を上げシルヴィアを見たら、飛び出しそうなほど目をまん丸くしたシルヴィアがエドワードを凝視していた。

そして、言った。

「エドワードは、てんさいです」

「答えになってねーから」

エドワードはすぐさまツッコんだ。

そして、苦笑しつつ尋ねた。

「今までどおりでいいってことかな？」

目をまん丸くしたままシルヴィアがうなずくと、エドワードはぽんぽんとシルヴィアの頭を撫で、手を取ると立ち上がった。

エドワードはふと思い出したのだ。かつての主君だった第三王子のことを。

殿下がこれくらいの年齢のときに引き合わされたんだよな、と思い出し、そういえばシルヴィアは勘当されたわけではなく、辞令代わりの契約書を受け取っただけだったな、と思い至ったのだった。

ならば、彼女はまだ公爵家令嬢だ。そして自分は平民。エドワードが貴族だったときでも、彼女のほうが身分は上だ。

知った時点で敬語を使うべきだったのに、いろいろ度肝を抜かれることが立て続けにあり飽和《ほうわ》状態で、つい幼子に話す口調になってしまっていた。

まだ驚いて固まったままのシルヴィアを見てエドワードはクスリと笑い、抱き上げて片手で抱えた。

すると、ようやく緊張が解けたのか、すがるようにエドワードの服をキュッとつかんで、むふーと満足げな息を吐く。

そして、

「とっても高いです！」

と、弾む声で叫んだ。

四章　―　ジーナの場合

　ジーナは幼いころ事故に遭い、両親を亡くした。

　家族で乗っていた馬車が崖崩《がけくず》れに遭い、奇跡的に助かったのがジーナだけだったのだ。

　両親が彼女をかばったことと、『器用敏捷《びんしょう》』のスキルを無意識で使い難を逃れようとしたのが助かった原因なのではないかと後に考えられたが、ジーナにとってそれは些末《さまつ》なことだ。

　ジーナは、独りぼっちになってしまったのだから。

＊

　助かったジーナは、救出作業を行ってくれた町の、救助された際に看病をしてくれた家に厄介《やっかい》になることになった。両親が亡くなり、唯一の親戚《しんせき》である叔父《おじ》は行商人をやっていたからだ。

　行商人はあちこち旅をする。

事故以来、そのときの恐怖心から馬車に乗れなくなってしまっていた。自分が叔父のお荷物になることは避けたいとジーナが考えたのもある。

また、看病をしてくれた家もジーナを歓迎した。むしろ、誘ったのは看病してくれた家の方だ。

「女の子がほしかったんだ」

「家族と思って接してほしい」

「俺のことは『兄さん』って呼んでくれよ」

と、口々に言ってくれたのが、幼くして家族を亡くしたジーナの心を揺さぶった。

看病してくれた恩返しをしたかったのもあった。

器用敏捷のスキルは、その家の商売である服飾工房《ふくしょくこうぼう》にも向いている。

基本は職人が仕立てるが、お直し程度ならばジーナはやすやすと、誰よりも速くこなせるのだ。

「ジーナは幼いのに、ずいぶんと縫《ぬ》い物が上手いなぁ！」

「ジーナが手伝ってくれるからとても助かるわ」

そんなことを言われていたので、その家の役に立っているという思いもあった。

ところが、叔父は何度も訪れてジーナを引き取ろうとした。

「お前がこんな仕打ちに遭っているのを黙って見過ごせない。どこかに家を借りて、そこに住めばいいから」

ジーナには、叔父の言葉の意味がわからなかった。

自分を家族同様に思ってくれている人たちに失礼じゃないか、と内心で憤慨《ふんがい》した。

そしてその家の者たちはもっと憤慨した。

家族同様にかわいがっているこの子にどんな仕打ちをしているというのだ、お前には絶対この子を渡さない、と言ってくれた。

「ジーナだってそう思うだろう!?」

ジーナは内気な上にその家ではほとんど意見を言わない。恩義のある人たちに文句を言うなどあってはならないと思っていたからだ。

だから、いつもの通りにうなずくと、叔父が暗いため息をついた。

このときは引き下がった叔父だが、その後もジーナを心配して何度か訪れた。

そのたびに、

「ジーナ、お前は内気でおとなしいし、両親が亡くなって寂しい気持ちがあるから今の境《きょう》遇《ぐう》を見ないようにしているんだよ。気を強く持ち、しゃんとして考えなさい。自分を客観的に見て、一人で生きていけるようにしないと、利用されるばかりだよ」

と、説教をし続けた。

そのたびに叔父とその家の者とは言い争いになり、ジーナも頑《がん》として叔父の説得に首を縦に振らず、とうとう叔父が説得を諦め、だが最後に言った。

「このバッグをあげるから、絶対にこの家の誰にも渡してはいけないよ。これはお前の物なのだから。この家の物じゃない、お前だけの物だ。……そして、いつか目が覚めてこの家を出たくなったら、私に会いにきなさい」

心配そうな顔をしつつ叔父は去り、それを最後に、叔父はその家にはもう二度と訪れなかった。

——そうして、数年後に気づく。

叔父の言っていた意味を理解する。

自分は、『家族同様』の意味をわかっていなかった。いや、わかりたくなかったのだと……。

それは、決して家族ではないのだ。

もっと言うなら、『体《てい》よく使えて、さらに無料奉仕《ほうし》してくれる使用人』という意味なのだ……。


その家には、カティオという一人息子がいた。

ジーナよりも三つ年上だ。

なのに、幼い頃は働くジーナを尻目に遊んでばかりだった。

成長してからようやく跡取り息子の自覚が出てきたようで、父である親方について、いろいろと商《あきな》いの勉強を始めるようになったが、それでもまだまだジーナに甘えることが多かった。

そのせいか、ジーナが工房を任せられるようになった頃、

「二人が大人になったら、ジーナとカティオは結婚したらいい」

「そうね、とてもいい考えだわ。お似合いの二人だし、ジーナがうちにお嫁《よめ》に来たら、本当の家族になるものね」

と、親方夫妻から何度も言われていた。

「まぁ、気心の知れているジーナと夫婦になったら、これからも支え合っていけるかな」

カティオもまんざらではない様子だった。

その言葉を信じていたジーナは十五歳のある日、手ひどい裏切りを受ける。

「ジーナ喜べ！　カティオの嫁が決まったぞ！　なんと、あの豪商《ごうしょう》の娘だ！」

「彼女は気立てが良くてさらに器量よしだものね、うちの息子もなかなかの男前だし、お似合いよねぇ。ジーナもそう思うでしょ？」

ジーナはぼんやりとしたまま、いつものように二人の言葉にうなずいてみせたが、喜ぶ親方夫妻が何を言っているのか理解できなかった。

私と結婚するんじゃなかったの？　と、言おうとしたが、

「本当にめでたいわよねぇ、ジーナ」

と、強めに促される。

——そこで、ようやく気がついたのだ。自分は、この二人に自分の意見を主張しないように誘導《ゆうどう》されていたことに。

いつも促されるだけで、首を縦に振るしか選択肢のない言い方をされてきたことに。

息子も喜んでいた。

……そう、彼も同じことを言った。

「ジーナ、もっと喜べよ。俺の結婚が決まったんだぞ。家族同然なんだから、拍手をしながら祝いの言葉を言うのが普通だろ！　ほら、やれ！」

……と。

何も言えないまま、いったい自分はどうなるんだろう？　と、不安に思っていたら、それを読んだようにカティオがジーナに告げた。

「もしかして、俺が結婚したらお前を追い出すとか考えているのか？　家族同然のジーナに、そんな薄情な真似をするわけがないじゃないか。ジーナはそのままここで働いてくれればいいよ。結婚なんかしなくていいから、ずっとここにいればいい」

親方夫妻もそれに賛同した。

「おう！　もちろんだ。ずっといていいんだぞ。ジーナは家族みたいなモンだし、カティオが結婚した後も支えてやってくれ」

「そうね、ジーナは結婚なんかしなくてもいいでしょ。私たちと家族同然に過ごしましょうね」

いたわるような言葉の裏に、透けて見える打算。

親方夫妻もカティオも、今ではジーナに頼りきりだった。家事はもちろん工房の経営も、頼りないカティオを支えるために、ジーナがすべてカバーしていたのだった。

カティオと親方夫妻の言葉を聞いたジーナは、痛切に思った。

この人たちは……なぜこんなにも他人の心に疎《うと》いのだろう。

親方夫妻の「ジーナと息子を結婚させればいい」というセリフは、ジーナだけに言っていたわけではないのだ。

親方夫妻があちこちで言いふらしていて、今では町中の人が知っている。

「あれは冗談だった」と本人たちはのほほんと言い繕《つくろ》うが、誰も信じていないだろう。

もちろん、彼の婚約者もだ。

……ジーナだけは、カティオの婚約者には目の敵《かたき》にされることがわかっていた。

実際、その通りになった。

後日、彼女が家に来た途端、敵意をむき出しに言ってきたのだ。

「それで？　この捨て子はいつこの家を出て行くの？」

ジーナはうつむき、親方夫妻とカティオは驚いてカティオの婚約者を凝視した。

親方夫妻は、彼女をなだめるように言う。

「ジーナは捨て子じゃないんだ。両親が事故で亡くなり、引き取っただけなんだよ」

「あらそうなんですか？　似たようなものだと思いますけど、まぁいいです。……で？　いつなんですか？」

三人は気まずそうに顔を見合わせる。

「ジーナを追い出したらかわいそうだろう？　行くあてなんかないんだから」

カティオがジーナの肩を抱き、彼女に言い聞かせるように言う。

その言葉を聞いたカティオの婚約者は、鬼の形相《ぎょうそう》になった。

それはそうだろう。婚約者の前で、一見彼女を擁護《ようご》するような言葉を言うのだから。

ジーナも愕然として、カティオの顔を見てしまった。

……叔父があれほど引き取ると言っていたのを、まるでなかったことにして『引き取り手のないかわいそうな子を置いてやっているに過ぎない』ということにしてしまった。

それは、家族とは思っていないと言っているも同然だったし、自分と結婚すると言っていたのは完全にでまかせだったのだ。

怒り狂ったカティオの婚約者は、ジーナをさんざん罵倒《ばとう》し帰っていった。

彼女からしてみれば、カティオは自分という婚約者がいながら幼い頃から結婚の約束をしていた女を囲うと宣言したのだ。しかもそれを義両親が容認している。嫁としては最悪の展開だろう。

ジーナ自身も最悪だ。

この家にいたら決して結婚ができない。

ジーナ自身は望んでもいないことなのに、親方夫妻とその息子に片っ端から自分の縁談を潰《つぶ》されまくるのは明らかだ。

さらには、『囲われている』と嫁に勘違いをされ、いびられまくる……いやあの気性ならもっとひどいことをされるだろう。

真っ暗闇の将来が待っているのだ。

彼らが信じられなくなったジーナは、この家から出る決心をした。

そのとき思い出したのが、叔父の言葉と叔父からもらったバッグだ。

何の変哲《へんてつ》もないそのバッグを、かつてカティオに取り上げられた。

叔父からは「これはお前だけの物だ」と言われていたが、それを聞いていたカティオはむしろジーナだけに特別なものがあることが気に入らなかったようで、すぐに「よこせ」と言ってきた。

さすがにジーナは首を横に振り、親方夫妻もカティオをなだめたのだが、今度は「じゃあ借りる」と言い直してきたのだ。

「貸すくらいならいいわよねぇ?」とおかみさんに言われると、首を縦に振るしかない。そうやって、もらってすぐカティオに貸したのだ。

言葉としては「借りる」だったが、いまだに返してもらっていない。

カティオに会いに行くと、カティオはジーナを見て気まずそうな顔をした。さすがに思うところがあるようだった。

「ケイショリー《婚約者》の言葉は気にするなよ。お前はうちにいていいからな」

慰めるような言葉だが、ジーナはもう素直に受け取れなかった。

カティオはため息をつき、嫌そうな顔をすると、

「めんどくさいけど、ケイショリーをなだめねーとな。アイツの親に言いつけられて破談になったら大変だからな……。俺のせいでもないのにな!」

そう言うとジロッとジーナを睨《にら》んで舌打ちした。

ジーナは、むしろカティオと親方夫妻のせいだと思ったが、ふと考えが浮かんでカティオに言った。

「私のせいだから、私が謝ってきます」

カティオは、途端に気楽そうな顔になった。

「そうだな。そもそもジーナがうちにいるせいだからな。ジーナも、ケイショリーと一緒に暮らすことになるんだし、謝って許してもらってきなよ。ケイショリーも、ジーナが地面に頭をこすりつけて謝ったりしたら、きっと許してくれるさ！」

カティオの身勝手な言葉に、ジーナは内心で呆れた。

だが、おとなしくうなずいておき、そしてふと思い出したようにつぶやいた。

「……兄さん。私には身寄りがない、って言われましたが、叔父がいます。最後に叔父が訪れたとき、バッグをもらいました。そのバッグ、兄さんに貸したんですけど、私の唯一の親戚からもらったバッグなので、そろそろ返してほしいんです」

ご機嫌だったカティオは、あからさまに不機嫌になった。

以前なら、その顔を見た途端に「やっぱりいい」と発言を撤回《てっかい》しただろう。だが、そのバッグだけは返してほしかった。

「兄さん、お願いですから返してください。私の叔父からの唯一のプレゼントで、あれだけは私の物なんです」

再度返すように促すと、カティオはめんどうそうに、

「あとでな」

と、言ってきた。

ジーナは、その『あとで』はいつまで待っても訪れないのがわかったので、

「それなら、返してもらってから謝りに行きます」

と、きっぱりと言った。こう言わないと返してくれないだろうから。

それを聞いたカティオは憤慨した様子で部屋に戻り、部屋の隅に乱雑に積んである不用品の山をあさり始めた。

しばらくすると、怒った顔のカティオがゴミのような物を持って戻ってきた。

「ほらよ！　返したんだからとっとと謝りに行け！　たかがバッグでネチネチ食い下がりやがって、覚えておけよ！」

と、怒鳴り、しわくちゃのボロボロになったバッグをジーナに投げつけてきた。

投げつけられたバッグを見つめながら、ここの一家の、自分への扱いがしみじみと理解できた。

——一度も使ったことのない、叔父からの贈り物を取り上げて返さず、こんなふうにして投げてよこして謝罪もないどころか罵倒する、それが私への扱いだ。

両親を失った私は、家族愛に飢《う》えていた。

だから、安っぽい言葉に騙されたのだ。

叔父は、真摯《しんし》に誠実に、自分の思いを告げていた。

行商人をしている自分は裕福《ゆうふく》ではないし、両親と同じ愛情は私にそそげないだろう。だが、騙して飼い殺しにするよりはマシな扱いはできる、と——。

クシャクシャのバッグを抱え、ジーナはカティオの婚約者であるケイショリーに会いに行った。

ケイショリーはなかなか会ってくれなかったが、二刻ほど門前で立っていたところ、ようやく面会できた。

会ってすぐ、ジーナは深々と頭を下げてこう言った。

「私はあの家を出たいんです。どうか手助けをしてください」

……と。

ケイショリーはジーナの言葉をいぶかしみ、低い声で尋ねた。

「……本気で言ってるの？」

「本気です！　私は出たいんです！　でも、このままでは飼い殺しで一生日陰者《ひかげもの》になる道しかないんです！　あの両親も彼も、無意識で私にそれを強《し》いてきていますが、私はそんな人生を送りたくないんです！　お願いします！　今、いくらかのお金と着替えをもらえたら、すぐに旅立ちますので、どうか助けてください！」

ケイショリーは絶句したまま立ち尽くしていた。ジーナはそのままずっと頭を下げ続ける。

「――わかったわ」

ようやくふっきれたようにケイショリーが言った。

「その鞄《かばん》に詰めろってこと？　ずいぶん汚いけど」

ジーナはとうとう泣きながら言った。

「こ、これは、叔父、に、もらいました。これだけ、は、私の物、だって。でも、取り上げられて、今まで、兄が、持ってて、ようやく、返してもらったら、こんなにされて」

泣き出したジーナに辟易したケイショリーがなだめに入った。

「……わかった。わかったから。バッグに着替えと私のお小遣いを入れるから。その代わり、すぐ旅立ちなさいよ！　ぐずぐずと居座ったらアンタが私をゆすって小金を奪ったって警備隊に突き出すからね！」

ケイショリーは最後に怒鳴ると、ジーナからバッグを受け取り、いったん自室へ引き上げた。

しばらくして戻ってくると、ジーナにバッグを渡す。

ジーナが中を見ると、言った通りバッグにいろいろな服と、一番上には小袋が詰め込まれていた。

ケイショリーは感心したようにジーナに告げる。

「汚いバッグだけどイイモノじゃない。これ、マジックバッグ《魔法鞄》よ。見た目より容量があって、しかもどれだけ詰め込んでも軽いの。お金に困ったらこのバッグを売るといいわ。とても高く売れるから」

ジーナはケイショリーに頭を何度も下げた。

「ありがとうございます……！　本当にありがとうございます！」

それは賭《か》けだった。

カティオに謝りに行くことを暗に促されたとき、ひらめいたのだ。

彼女は自分を追い出したいと思っているはず。だったら逃亡の手助けをしてくれるかもしれないと。

彼女が助けてくれない限り、ジーナは逃げようがない。何せ無一文なのだから。

今までさんざん工房で働いてきたし、家事もほとんど自分がやっていたが、それでも無給。なぜなら、家族同然だから。

だけど、家のお金を盗んだらすぐ捕まる。捕まって、連れ戻されて、今度は絶対に逃げられないように閉じ込められるだろう。

——ケイショリーは、口が悪いわりに人がよく、気遣いもできるらしい。変装用として衣類まで着替えさせてくれたのだ。

「これもあげるわ。寝具にもなる旅用のマントよ。面白そうだったから買ったけれど、よく考えたら野宿なんてしないもの。使わないから持っていきなさい」

「何から何までありがとうございます……！」

ジーナは何度も頭を下げて彼女の家を出て、あとはひたすら歩いた。

自分は馬車に乗れないから歩くしかない。


二つ町を抜けたところでようやく安堵《あんど》の息を吐いた。

追っ手がかかるほどに執着はされていないと思うが、見つかったらひどい目に遭わされるのは目に見えている。絶対に逃げきりたい。

今までの決まりきった生活とは違い、先行きの見えない未来がジーナの不安を煽《あお》ってくるが、それでも飼い殺しでいびられまくりの人生よりははるかにマシだと信じている。

これからどうしようか……もう少し先の町に行きたいが、これから先の一人歩きは危険だと教えてもらった。

馬車に乗れないジーナは、歩くしか手だてはない。

「どうしよう……。誰か、徒歩で次の町へ行く人たちがいたら、同行できるか頼んでみようかな」

そのときに見かけたのが、家畜を連れた幼女だった。

次の町に歩いて行くらしい。

兄にしては歳が離れすぎているので、恐らく父親であろう男性と話していた。

「家族連れなら安心だわ。優しそうな雰囲気だし、同行させてもらえないかな……」

ジーナはダメもとで頼んでみることにした。

五章　──　城塞へ

「……あの」

シルヴィアとエドワードは、おずおずと話しかけてきた少女を見た。

ずいぶんとくたびれた鞄を一つ持っているが、装《よそお》いは上品で良家の子女のようだった。

桃色の髪を片側にまとめてリボンで縛り、澄《す》んだ青い瞳に浮かぶ不安げな色がおとなしそうな雰囲気を醸《かも》し出している儚《はかな》げな美少女だ。

エドワードは少女の雰囲気と装いを見てなんとなくチグハグさを感じたのだが、黙っていた。

「どちらまでいらっしゃるんですか？　もし良かったら、道中をご一緒させていただけないかと思いまして……。私も一人旅なのですが、理由があって馬車での移動ができないのです」

少女の言葉を聞いたエドワードは、シルヴィアを見た。

エドワードとしては、その少女からなんとなく必死さを感じ、やめておいたほうがいいと思ったのだ。

その理由を一言で表すならば、『怪しい』から。

良家の子女の装いで、しかも野営用の高いマントを着用していて、なのに一人旅。十中八九ワケありの旅だ。

だが、怪しさでいうのならエドワードのほうが上だった。なので、シルヴィアがなんと答えるか聞きたかったのだ。

「はい。私がリーダーでよければどうぞ」

すんなりとシルヴィアはうなずく。

少女はホッとして破顔《はがん》し、エドワードを見た。

「良かった！　……お父さんも、私がご一緒して良いでしょうか？」

悪意など欠片もないはずの少女の言葉に、エドワードの顔は引きつった。


「ご、ごめんなさい。てっきり親子かと……」

ジーナと名乗った少女は、ひたすら謝った。

「いや、いいんだけど。でも、そんなにおじさんに見える？」

「いえ、見えないです。違うんです、ただ兄妹にしては歳が離れていたので……。ずいぶんと若いお父さんだなとは思ったのですが」

「似てもいないと思うんだけどなぁ」

「すみません」

エドワードは、笑顔でジーナにネチネチとイヤミを言い続けた。

近衛騎士《ロイヤルガード》だった頃も平民となった今もモテているエドワードとしては、おっさん扱いされて内心は憤懣《ふんまん》遣る方《かた》ない。

まだ少女のジーナから見れば二十歳過ぎはおっさんなのかもしれないが、今までそんなことを言われたことなどないエドワードには、かなりショックな言葉だったのだ。

さらにエドワードはネチネチ続けようとしたが、シルヴィアが、

『私がリーダーです、【支配《ドミナント》】』

と、どうやら魔術を発したようなのでやめて黙った。

少女はエドワードのネチネチ攻撃がやみ、ホッとしたようにシルヴィアを見て、

「えぇ、わかったわ」

と笑顔でうなずいていた。

エドワードは注意深くジーナを観察したが、特に変化はない。シルヴィアの言うとおり精神支配の魔術ではないようだと、そっと胸をなで下ろした。

「じゃあ、危ないから手をつなぎましょうね」

そう言ってジーナはシルヴィアに手を差し出した。

シルヴィアは、よくわからないようで、ジーナの手をじっと見つめている。

エドワードはクスッと笑うと、シルヴィアの手を優しく取った。

「これを、こうするんだ」

シルヴィアの手をジーナの手に重ねると、ジーナがキュッと握る。

シルヴィアはボーッとした反応だ。

「……ん？　手をつなぐって、わからなかった？」

「たぶん。改めて手を差し出されたことはないからかな」

エドワードも、手をつなごうと言って手を差し出したことはない。

シルヴィアはうなずいた。

「はい。わからなかったです。でも、わかりました」

そう言うと、ジーナの手を握り返した。

「じゃあ、行くか」

「はい！」

エドワードが声をかけると、ジーナが元気よく返事をした。


少女と幼女が手をつなぎ楽しげに歩き、その周りには家畜がのんびりと歩いている。

のどかな風景だな、とエドワードは思った。

実際、いくら公爵領が安全な領とはいえ、こんな無防備そうな格好で護衛もつけずに歩いていたら、どこかで野盗か魔獣かに襲われるのがこの国の常識だ。

だが、まるで『公爵領では野盗も魔獣も出ません』と、言わんばかりに呑気に歩く三人と家畜たちは、もしも【防犯】の魔術がなければ奇異に見られているんだろうな、とエドワードは歩きながら他人事のように考えていた。

そのことをジーナはどう思っているのか。

これが旅のスタンダードだと思っていたら、別れたあとにとてつもなく痛い目に遭うのだが、ま、それも勉強だろうとエドワードは意地悪く思った。〝お父さん〟呼ばわりされたことを、まだ根に持っているエドワードだった。

……だが、そんな内心はいっさい表情に出さず、ほがらかにジーナに自己紹介した。

「俺はエドワード。旅の商人だ。道を歩いていたら、たまたまこの子が目に入ってね……。幼女と家畜の移動なんて危険だろう、と思って声をかけて、今に至る」

ジーナは、エドワードは見た目通り優しい人なんだな、と思った。

カティオも親方夫妻も、シルヴィアが一人で歩いていても声などかけないだろう。……と、考えたが思い直した。

いや、かけるかもしれない。

その代わり家畜とシルヴィアの持つ全財産は奪われるだろう。自分のように。

そんな苦い思いを振り払い、ジーナはエドワードに笑顔を向けた。

「エドワードさんは親切な人なんですね」

そう言うと、エドワードが肩をすくめる。

「彼女、ちょっと特殊《とくしゅ》だったからね」

「え？」

ジーナは意味がわからず首をかしげると、シルヴィアが唐突に自己紹介をした。

「私はシルヴィア・ヒューズです。この子たちと一緒に城塞に向かってます」

「ちなみに、ヒューズってここの領を治めている公爵家のことね」

エドワードが付け足す。

「ははぁ」

そう言われても……。ジーナはシルヴィアを見て、家畜たちを見た。

どう考えても公爵令嬢とは信じがたい。

だけど、そうやって見栄《みえ》を張りたい年頃なのかもしれない。そう思ったので、笑顔でうなずいておいた。

エドワードも苦笑しているので、ますます信憑性《しんぴょうせい》がない。

あとで、

「子どもの言うことを真に受けるなって」

と、諭されそうだ。

――だがその推測は間違いで、エドワードの苦笑は『うなずいたものの信じてなさそうだけど､実際にシルヴィアの魔術を見たら信じる気になるだろう』という意味だったのが、野営のときにわかった。

「……あ、あそこの草原はいいんじゃないか？　広くてなだらかだし、人けもない。今日はもう切り上げてあそこで野営しないか？」

エドワードがそう提案してきたので、

「そうですね」

と、ジーナは同意してうなずいた。……今日は疲れていないなと思いながら。

「シルヴィアも、いいか？」

エドワードが尋ねると、シルヴィアもうなずく。

「では、あっちにいくです！」

と、棒で指し示すと、家畜たちが鳴いて道を逸れていった。

「え、すごいですね。よく飼いならされてる」

エドワードは顎《あご》を撫《な》でつつ、

「……なるほど……。これが、声が聴こえる、ってやつか……。しかも、確かに無視しないな……」

と、ブツブツとつぶやいていた。

草原に入ると、エドワードがシルヴィアに向かって優雅に一礼する。

「ではシルヴィアお嬢様、準備をお願いいたします」

おどけた声で言うと、シルヴィアは期待をこめた目でエドワードを見つめている。

「エドワードはてんさいです」

「うん、それを言わなくても作るから安心して」

エドワードは急に辟易した顔で返した。

ジーナはわけがわからず、だがいつもの癖で、黙ってあいまいな笑顔でいた――が、次の瞬間、シルヴィアが地面を棒で叩いた途端に雑草が一掃《いっそう》されたのを目の当《ま》たりにし、目が点になった。

「…………え？」

シルヴィアが、あちこちを棒で叩いていくと、そのたびに何かが起きる。

馬からハーネスがとれ、荷車が簡易テントになったり。

何もないところに水飲み場が現れたり。

土から急速に柔らかな草が生えたり。

最終的に、竈が現れ、ジーナは口をあんぐりと開けた。

度肝を抜かれて立ち尽くすジーナの肩を、エドワードがポンと叩いた。

「これだけの強力な魔術を見せつけられたんだ。シルヴィア・ヒューズ様が言っていることが本当だってわかっただろ？」

エドワードの言葉に、ジーナの顔が青くなった。

平民でも魔術は使えるが、たいした魔力量ではないし、使える魔術もほんの少しだけ生活が便利になる程度のものだ。強力な魔術は貴族にしか使えない。

それは、誰でも知っている常識だ。

平民では決して見ることのないほどの規格外な魔術を見たジーナは、シルヴィアが本当に公爵家の令嬢だとわかったのだ。

ジーナはエドワードと違い、ほぼ家から出たことのない平民だ。

領主の姓は知っていても、それを偽って名乗ることがどれだけ不敬かなど、わかっていなかった。

だからこそ、子どもの虚栄心から出た嘘だと思ってしまったのだ。

「信じていなくてごめんなさい。あと、失礼な態度をとってしまって……」

身を縮ませながらジーナが謝ると、エドワードがとりなしてくれた。

「シルヴィア・ヒューズ様は寛大《かんだい》な方だから大丈夫だよ。俺だってこんな態度で接しているし」

エドワードが両手を広げながらそう言ったら、シルヴィアが急に鼻を膨らませてフンス、と息を吐いた。

「私はいだいです」

腰に手を当てドヤ顔をしたシルヴィアを見たジーナは、エドワードと顔を見合わせた後、笑ってしまった。

＊

綺麗《きれい》で優しいジーナが新しく仲間に加わり、またちょっと賑《にぎ》やかになった、とシルヴィアは思った。

「手をつなぐ」って意味がわからず、ポカンとしていたらエドワードが教えてくれた。手を握りあうことだったらしい。シルヴィアは温かくて柔らかいジーナの手を握りつつ、ジーナと話した。

「シルヴィアちゃんは何歳なの？」

「……七歳。こないだ、教会にいったです」

「えっ？　もう七歳なんだ？」

ジーナが驚いていた。

二人ともニコニコしていて優しいので、シルヴィアはとても楽しい気分になっている。

……表情には出ないので、恐らく二人には伝わっていないが。

エドワードが休憩にしようと言ったので、いつものとおりに支度《したく》をしたら、ジーナが急に謝ってきた。どうしてだかわからない。でも、エドワードが、私をすごいって褒《ほ》めてくれたみたいだから、よくわからないけどいばっておいた。

そしたら今度はジーナが笑った。ついでにエドワードも笑った。

ちょっと早めの夕食は、エドワードが作ってくれた。

「はい。できたぞ。干し肉を焼いたものと玉子焼き、根菜のスープと香草のサラダだ。パンは多めに買っておいたから」

「私の分まで作っていただいてすみません！　用意しておくべきでした！」

ジーナがエドワードに謝っていた。

ジーナはよく謝る。

シルヴィアには、ジーナが謝る理由がわからない。

「どうしてジーナは謝るですか？」

シルヴィアが尋ねると、エドワードが笑った。

「確かに。そこはお礼を言うところだと思うよ」

ジーナは赤くなる。

「確かにそうですね……。では、ありがとうございます！　遠慮《えんりょ》なくいただきます！」

ジーナはキッパリと言った。

シルヴィアは、いつもの感謝の言葉を述べる。

「エドワードはてんさいです」

「正直、それも違うって思うんだよなぁ。ま、いいけど」

エドワードが苦笑した。

全員が食事に専念する。

シルヴィアは、とても美味《おい》しいなと思って食べている。やっぱりエドワードはてんさいだ。魔術も使わず、こんなに美味しい料理を作れるなんて。

……と、ジーナがジーッと料理を見つめていた。否《いな》、睨んでいた。

エドワードもそれに気がつき、ジーナに尋ねる。

「どうかしたか？　苦手なものでもあったか？」

ジーナは、ハッとしてエドワードに手を振った。

「いえっ！　違いますす違います。……エドワードさんは、こんなに美味しい料理を短時間でサラッと作ってしまえるなんて、すごいなーと感心していただけで……」

途中まで言った後、何かに気づいたように顔を輝かせてジーナは尋ねた。

「もしかして、料理スキルがあるとかですか!?　あるいは、そういう魔術を持ってらっしゃるとか……!?」

エドワードが呆れた顔をした。

「いや、たいしたことないし、そもそもこんな簡単な料理でスキルを使う必要あるか？」

と、言ったら、ジーナが目に見えてへこんだ。

「え？　ジーナ？」

ジーナはうつむき、料理をつつきながらボソボソと話した。

「………私、実は『器用敏捷』というスキルを持っているんです」

エドワードが感心したように言う。

「へぇ。そりゃ、良さげなスキルだな」

「………そうですね。基本的に家事一般などは得意としています。ですが」

ジーナが顔を上げて、エドワードをクワッと睨むように見た。

「料理だけは！　壊滅的《かいめつてき》な腕なんです!!」

シルヴィアはキョトンとしたし、エドワードは困ってしまった。

「えーと？　ま、そういうこともあるんじゃないか？　味付けとかの問題かもしれないし。……シルヴィアも魔術で料理を作れるけど……栄養は足りてるはずだけど味は二の次、って腕前だしね」

「えいようはたりてるはずです」

シルヴィアはエドワードの言葉にうなずき、真面目な顔をして言った。

「料理が上手くなりたいんです～」

と、泣き言を言いながら食事を口に運ぶジーナを見て、エドワードは何と言っていいかわからないような様子だったけれど、

「……じゃあ、明日の夕飯、ちょっと見てやるから作ってみないか？」

と、提案していた。

「ぜひ！　よろしくお願いします！」

ジーナが瞳をキラキラさせてエドワードに返事をしていた。


食事を食べ終わり、ジーナが改めてシルヴィアに尋ねた。

「あの……シルヴィア様は、なぜ家畜を連れて旅をしているのですか？　……あ！　教えてはいけないということであれば、私の質問は聞かなかったことにしてください！」

ジーナが途中で慌てたように手を振る。

「前のしゃべりかたがいいです」

と、シルヴィアが言ったので、敬語を使わないほうがいいとわかり、ジーナはうなずいた。

シルヴィアもうなずき返すと、理由を話す。

「別に言っちゃいけないはないです。いらない子になったので、いらない城塞に住め、っ

て言われたので、城塞をもらいました。だから、みんなと城塞に向かってたです」

ジーナが絶句し、エドワードを見る。

エドワードがうなずいた。

「……シルヴィアは、公爵家の正式な契約書を持っているよ。見せてもらったけど、どう見ても本物だ。だから、七歳にして城塞の城主になるな」

ジーナはしばらく呆《ほう》けたように黙っていたが、ポツリと尋ねた。

「……それって、貴族では普通なんですか？」

エドワードは苦い顔で笑った。

「…………難しい質問だな。そういう貴族もいる、って感じだろうな。基本的に貴族は当主が絶対的な権力を握る。そして、シルヴィアのように、スキルと魔術が当主の期待するものでなかった場合、領の片隅に追いやられたり、当主がメンツを潰されたって感じたときは勘当されたりするよ」

ジーナは驚きのあまり口元に手をやり固まった。小さく、「ひどい……」とつぶやいている。

シルヴィアは、何がひどいのかよくわからないので首をかしげた。自分が知ってる親はそういうもので、それはどうやらキゾクだからだとわかった。

「ひどくないです。城塞もらえました。ラッキーです」

シルヴィアが言った。

「みんなと住めるです。みんなもよろこんでます」

と、言って、シルヴィアが家畜たちを見ると、家畜たちがこちらを向いて『同意する』、と鳴いた。

ジーナが呆れたような声で尋ねてきた。

「……………え、そういうものなんですか？」

「そういうものらしいよ？」

「そういうものです」

エドワードも呆れたように言い、シルヴィアは真面目くさって答えた。

シルヴィアは、みんなとお城に住むのを楽しみにしているのだ。

話しているうちに夜も更《ふ》け、就寝することになった。

シルヴィアは、エドワードとジーナと寝るのにワクワクしていて、すでに毛布を握りしめている。

「じゃあ、寝るか。……って、ジーナ、俺もいるけど平気か？」

「何がですか？　よくわかりませんけど平気ですよ！」

ジーナも、マントをかぶって準備した。

エドワードは呆れている。

「ちょっとこの女子たち、もう少し危機感を持ってくれないかな……」

とため息をついて頭をかいた。

ジーナがそのつぶやきを耳にして、フフフ、と笑った。

「エドワードさん、両手に花ですね！」

「年齢的にちょっと守備範囲外かな」

サラッとエドワードがかわした。

シルヴィアは張り切って自分の脇をポンポン叩き、二人を呼びよせる。

二人が苦笑しながらシルヴィアの横に座ると、シルヴィアは満足して毛布をたぐり寄せて宣言した。

「では寝ます！　おやすみなさいです！」

シルヴィアは、あいかわらずエドワードの膝枕だ。

「アハハ、かわいい！　じゃあ、私も寝ますね。おやすみなさい」

「はいはい、おやすみ」

シルヴィアの横に、ぬくもりが寄り添った。ジーナだ。

シルヴィアは楽しい気分で眠りについた。

＊

翌日も歩く。

ジーナは再びシルヴィアと手をつなぎながら歩いていたが、だんだんとおかしい、と、わかってきた。

まったく疲れないし、しかも、筋肉痛や靴擦《くつず》れなども起きないのだ。

逃避行《とうひこう》の初日は、それはひどいものだった。足が痛くてしかたがなくて、それでも捕まる恐怖心から痛みをこらえて必死で歩いた。

徒歩で町を二つほど抜けたが、それはどちらも町同士の距離が近かったからどうにか歩けたし、これから先はどんどん町と町との間隔が開いていく。昨日もかなりの距離を歩いたのに疲れは全くなく、いつも苦しむ筋肉痛もない。

何か魔術にかかったような……と思い、ハッとした。

「……私、ちょっと変なんですけど」

そのつぶやきを聞いたエドワードが、ジーナを見つめて尋ねた。

「どんなふうに変だって感じる？」

「えぇと……。私、実はほとんど歩いたことがなくて、今回、初めてすごくたくさん歩いているんです。で、初日は本当に足が痛くて大変で、それでもここまで歩いてきて……。夜はいつも、筋肉痛で苦しむんですが、昨日は全然平気で……。それに、靴擦れも起こしていたんですが、なんか、痛くないです」

エドワードが目を見開いた。

「え、怪我も治るの？　すごくないか？」

そう言うと、シルヴィアを見た。

「その辺、どうなんだ？」

と、今度はエドワードがシルヴィアに尋ねた。

「ん？　リーダーのために、ちょっとの怪我なら治るのです！」

「はぇ？」

ジーナは変な声を出してしまった。

エドワードは思わず笑い、ジーナが睨むと両手を挙げた。

「悪かった。……いや、シルヴィアの魔術で、シルヴィアをリーダーって認めたら、なんか強化されるみたいだよ。少なくとも、どれだけ歩いても疲れない」

ジーナが目を見開いた。

「それって、すごくないですか？」

「すごいよ。正直、そんな魔術を持ってるのに、なんでヒューズ公爵家はシルヴィアを手放したのか、意味がわからないって思う」

エドワードに褒められたシルヴィアが、鼻を鳴らした。

「私はいだいです」

エドワードはちょっと笑うと、シルヴィアに向かって尋ねた。

「いや実際、本当にすごいんだけど。……ところで、怪我が治るってどのくらいなんだ？」

「ちょっとだけです。おっきな怪我は無理です。すりむいたくらい」

エドワードが考え込んだ。

「うーん、じゃあ、怪我する前提での行動は無理か……」

不満そうなエドワードに、ジーナは手を横に振りながら思いっきりツッコんだ。

「何言ってるんですか!?　そもそも怪我が治るのがおかしいですからね!?　そもそも怪我前提で行動しませんし！」

ジーナにツッコまれたエドワードは、あ、と言ってうなずいた。

「確かに。……シルヴィアのヘンテコ魔術に慣れすぎて、つい、どれくらい無茶できるのかなって考えてた」

ジーナが呆れる。

「無茶しないでくださいよ！　普通に旅をしましょう!?」

ジーナが叫んだら、エドワードは面白そうに笑っていた。

ちょっと歩いたら林道に入った。

シルヴィアは涼しくて気持ちがいいなと思っていたのだが、エドワードがぼやいた。

「林道って、一番危険なんだよな。早いトコここを抜けたいから、休憩無しでもいいか？」

シルヴィアはキョトンとしたが、うなずいた。

エドワードがそう言うならそうしよう。何せ、エドワードはてんさいだからだ！

ジーナもキョトンとしていたので、エドワードが解説を始めた。

「見通しが利かなくて物陰が多いから、野盗が好むんだよ。シルヴィアが魔術をかけてるからそうそう狙われないとは思うけど、それでも気をつけたほうがいい。当然、魔物も潜むのに好都合だから、草原よりも頻繁《ひんぱん》に出る。というか、草原でも通常ならもっと出るんだけど、シルヴィアの魔術で出にくかったってだけだから」

「なるほどー！」

と、ジーナが感心している。

シルヴィアは、エドワードは心配性だな、と思っていた。

弱っちい敵がいっぱい出たって弱っちいからたいしたことないのに。

あんなの、家畜たちだってやっつけられます。

……と、ボーッと考えていたら、魔物が出た。

「…………ッ！　言ってるそばから――速い！」

大きな昆虫がこちらを目がけて飛んできた。

エドワードが前に出ようとしたけど、それよりも牛さんのほうが早かった。

頭を下げると角がメキメキと伸びて、昆虫に突っ込んでいって粉砕《ふんさい》した。

「……は？」

「……ふぇ？」

エドワードとジーナがビックリしている。

シルヴィアは、ブルブルと首を振って破片を落とした牛さんのそばに歩いていくと、手を伸ばしてヨシヨシと撫でた。

「私より早かったのです！　えらいのです！　これはご褒美《ほうび》の美味しい草です」

シルヴィアが魔術で出した草を、牛さんが嬉しそうにモシャモシャ食べている。

すると、エドワードがシルヴィアに声をかけた。

「……なぁ。今、その牛の角、伸びなかったか？」

シルヴィアはなぜそんな当たり前のことを聞くんだろうと思いつつうなずいた。

「牛さんのつのは、のびますよ？」

「いや伸びねーよ！」

エドワードが叫んだ。なぜだろう？

それにしても困った、とシルヴィアは思った。

なぜなら、この林道で出る魔物は虫さんばかりで、お肉が取れない。

お肉が取れないと、お肉が食べられない。

鶏さんは頑張って卵を産んでくれるけど、お肉は産んでくれないのだ。

うーんうーんと悩んでいたら……唐突に生活魔術を覚えた。

よし、夕飯のときにやってみよう、とシルヴィアは決意した。


なんとか林道を抜け、休憩できそうな草原に出た。

エドワードは疲れてしまったらしく、声に元気がなかった。

「……多少の魔物は出たけど、牛が全部やっつけてたな」

「牛ってすごいんですね！　私、初めて見たんですけど感動しました！」

ジーナは元気いっぱいだ。牛さんがやっつけてるのを見て大喜びして、シルヴィアに頼んで草をあげて撫でたりしていた。

エドワードは、はしゃぐジーナを見ると、

「……そういえば俺も、近くで牛を見るのは初めてか。……え、牛って実は戦うときに角が伸びるのか？　もしかして俺が知らなかっただけ？」

と、ブツブツ言っていた。

「エドワードはしらないのです。牛さんは、つのがのびるです」

シルヴィアがキッパリと言うと、エドワードは愕然としていた。

「……マジかよ、知らなかった。牛ってけっこう怖い家畜だな……」

と言って牛さんを見ていた。

シルヴィアは家畜たちのために水飲み場と餌を用意すると、先ほど覚えた魔術をさっそく使ってみることにした。

『あるじに恵みの一部を分け与えよ――【精肉分身《プロヴィジョン》】』

すると、ポン！　と家畜たちから肉が産み出された。

エドワードが気付いて、シルヴィアを見た。

「……ん？　んん!?　なんだよどうしたその肉は？」

シルヴィアは胸を反らしながらエドワードに答える。

「魔術で出しました。お肉、食べたいです」

エドワードが顔を引きつらせた。

「ええ……。肉まで産み出せるようになったのかよ……。あと、なんの肉だよ？　謎の肉か？」

「今日は馬さんから分けてもらいました」

得意げに家畜たちが鳴く。

「……うわー、猟奇的《りょうきてき》……。仲間の肉を食うのかよ」

エドワードの顔が引きつっているような気がするけど、きっと気のせいだとシルヴィアは考えて、さらに伝える。

「エドワードのお肉も、いいって言ってくれたら取り出せま」

「俺、絶対に許可しないから。俺のお肉を食うのは絶対やめて」

かぶせてお断りを入れられた。

エドワードはなぜか腰が引けていたけれど、肉を受け取って、考えるそぶりをした。

「……なぁ。もしかして俺たちが食べられる野菜も産み出せるのか？」

ってエドワードが尋ねてきたので、シルヴィアは目を瞬いた後、ポンと手を叩いた。

「できます」

「マジか。……じゃあ、コレとコレを出せるか？」

エドワードがマジックバッグ《魔法鞄》から野菜を取り出した。

シルヴィアはしげしげと野菜を見て、持ち上げてあちこちをさらに見る。

なんとなくできそうな気分になったので、

「うん。いけそうです」

と、うなずく。

野菜をポンポンと叩いた後、地面を叩いた。

『あるじに必要な作物を分け与えよ——【作物創造《ハーヴェスト》】』

とたんに植物が急成長し、実を付けた。

エドワードが、

「マジでなんでもアリだな……」

と、つぶやきながらも実をもいだ。

「よし、シルヴィア、助かった。これだけあれば、ジーナの料理の特訓もできそうだ」

「エドワードはてんさいです」

お決まりの文句を返すと、エドワードが笑う。

そしてシルヴィアを撫でると、ジーナのところへ向かった。

「期せずして、肉のみならず野菜までたくさん手に入った。……ということでジーナ、これらを使ってさっそく調理してみよう。まずはスープを作ってみようか。材料を刻んで煮《に》て、最後に調味料で味を調えればいいから」

「はい！　ご指導よろしくお願いします！」

ジーナは元気よく返事して張り切って作っていたけれど。

出来上がったのが、真っ黒くドロドロしたナニカで、エドワードは鍋を覗《のぞ》いて、

「……うっ」

と、口元を手で押さえていた。

「えいようは、たりてるはず？」

と、シルヴィアが鍋を覗いてつぶやいたが、エドワードは口元を押さえたまま首を横に振る。

「シルヴィアの料理は、匂いは普通だった。これは……臭《にお》いからしてヤバい。……どうしてこうなった？」

ジーナを見たら、落ち込んでいた。

「……普通に、材料を切って、煮ただけなんですけど……」

「いや、普通に作ったらこうはならないから！」

エドワードがツッコんでいた。


シルヴィアはなんでも食べられる。

ゆえに、このニオイからしてヤバい真っ黒いナニカも食べられる。

せっかくだからと器によそって飲んでみた。

「……えいよう、たりてないです」

たぶん、毒かもしれない。

シルヴィアは、胃袋の強さには自信があるので飲めなくはないけれど、全部飲んだらおなかを壊すかもしれないな、と思った。

エドワードとジーナは、一口すすり、

「オエエエエ」

その場で吐いていた。


結論として、料理はエドワードが作ることにした。

というか、他の二人に任せておけない、というのがエドワードの気持ちだ。

何も無理に交代制で食事当番をやり、栄養が足りているだけの食事やら、もはや毒ではないかという食事やらを作ってほしくない。美味しいものが食べたい。

さりげなくエドワードがそう伝えると、次の町に着いたときにジーナが買い物を任せてほしいとエドワードに願い出た。

「……何もお役に立ってないのが申し訳なくて……。せめて、買い物くらいは貢献《こうけん》したいです」

うつむき恥じ入りながらそう言うジーナを見つめて、エドワードは気にしなくていい、と言いかけてやめ、鞄から道中で得た魔石を取りだした。

「……じゃあ、この魔石を道具屋に売って、その金でパンを買ってほしいかな。調味料とかは、料理を作る者が見た方がいいから」

エドワードにも、ジーナが普通にいい子なのがわかってきた。

少なくとも、エドワードのかつての環境にいた連中とは違う。

連中は、エドワードにさりげなく押しつけ、しかも申し訳なさそうなそぶりすらしなかった。本当に申し訳なく思っているのに、「気にするな」と言うのは無理がある。気にしているから申し出ているのだから。

それで気が晴れるのなら、負担にならない程度は任せるべきだ。

シルヴィアは、二人のやりとりを聞いていて、唐突にハッとした顔をした。

そして、バッグに手を突っ込むと、エドワードに袋を突き出した。

「え？　今度は何？」

エドワードがちょっと引きながら尋ねると、シルヴィアは端的に答えた。

「おかねです」

「は？」

エドワードは、さっぱりわからずシルヴィアを見る。

「お買い物したことなかったです。おかねつかわせてました。これ、もらったおかねです。エドワードにあげます。これで買い物してください」

エドワードが絶句する。

その間もシルヴィアは、ぐいぐいと袋を押しつけてきた。

しばらくして復活したエドワードは、両手で押し戻した。

「いや、さすがに無理だから。いくら公爵令嬢とはいえ、七歳の幼女にお金をもらうとか、俺のプライドの問題でさ。もらえないよ」

「ぷらいどよくわかりません。これで買い物するです。もらったのだから、あげます」

シルヴィアはまたぐいぐい押すが、エドワードは頑として受け取らなかった。

「また今度な。……こういうところで買い物をするのに、子どもからお金を受け取ってしちゃいけないんだよ。わかってくれ、な？」

エドワードとしては、そこまで落ちぶれてない、と思っている。

確かに詐欺師まがいのことはしている。

だけど、一人で旅をしている幼女から金を巻き上げるとか、自分的にはあり得ない。というか、大人の男としては恥だ。

陥れて巻き上げるのは、恩知らずの連中や、同じく人を騙している連中からだ。それがエドワードのプライドだった。

シルヴィアは、しぶしぶと袋を戻す。

「……買い物しないので、エドワードにあげるのがいいです」

まだ言っているので、エドワードはシルヴィアを撫でてなだめた。

「大人が子どもからお金を受け取るなんて、とっても恥ずかしいことなんだ。理解してくれよ」

「………。わかったです」

「ありがとう」

エドワードがシルヴィアを撫で続けていると、ようやく機嫌が直ったようで、エドワードの服の裾《すそ》をつかんだ。

「じゃあ、買い物おしえてください。私もできるようになるです」

「……んー、確かにそうだな。覚えておいたほうがいいか。じゃあ、教えるよ」

エドワードはシルヴィアを連れて店を回ることにした。


エドワードは店の人に聞き込みをした後、ジーナと合流して買い物を済ませる。

「さて、次の町は公爵領の端、そこから先は隣国か城塞か、ってなる。……気合いを入れて行くとするか」

エドワードはジーナとシルヴィアに聞こえるように言っているが、実は自分に言い聞かせていた。

次の町で最後だ。

エドワードもジーナも、そこでシルヴィアと別れることになる。

シルヴィアの目的地は城塞。

エドワードは、途中まで……と言いつつここまでついてきて、ジーナも恐らく次の町が終点だろう。

ジーナもなんとなくエドワードの言いたいことがわかった様子で、シルヴィアを気遣うように見つめた。

——当のシルヴィアは、わかっていないのか特に反応はなかった。

＊

二人が複雑な思いを抱え、歩くこと数日。とうとう城塞手前の町までやってきた。

今まで旅をしたことがなかったシルヴィアとジーナはこれが当たり前だと思い込んでいるが、エドワードは順調にいき過ぎて怖くなったほどだ。

以降は城塞まで町はない。

つまり、エドワードとジーナの、旅の終着点だ。

ジーナは、ここまでくれば追っ手はないだろうと、当初は旅の最終地点にする予定だったが、今となってはシルヴィアたちと別れがたくなっていた。

小さな子が一人で旅をしている……それに同情したのもあるし、シルヴィアに情が移ってしまった。それに、打算的ではあるがもしも城塞で働かせてもらえたら、彼らに見つかったとしても絶対に自分を連れ戻すのは無理だろう、とも考えたのだ。

自分にそこまでの価値はないと思うが……もしも連れ戻されたら監禁され、死ぬまで出られないまま、ただ働きさせせられるだろう。

最悪の想像をしてぶるっと震えたあと、シルヴィアの様子をうかがった。

エドワードも今後を考えていた。

もしも城塞が公爵家の手の者に管理されていたとしても、『ここまで護衛した』という名目で金をせびることも、言いくるめて城塞に入り込み金品を奪って消えることも可能だ。……こんな小さな子に城塞をくれてやり、一人で旅立たせている時点で誰かが管理している可能性はゼロに近いが。

と、なると、金目の物が城塞にある可能性も期待できない。酔狂《すいきょう》はここまでにして別れるのが一番だ。旅はシルヴィアのおかげでほとんど損失はないし、まあまあ楽しかったのでここまでついてきたのに稼げなかった、ということとは相殺《そうさい》だ。

それに、この終着点となる町は、そこそこ栄えているので何かしら稼げるだろう。

……そう、頭では考えている。

だが、感情がついていってない。

　エドワードも、シルヴィアにほだされてしまっていた。

『歪《いびつ》な環境にいた』と察するに余りあるほど、シルヴィアは同年代の幼女とは異なっている。

　表情がほとんどないのは、周りに人がいなかったからじゃないかと思う。

　特に笑顔がないのが気になった。

　笑わせてやりたい、と思ってしまっていた。


　シルヴィアは、あいまいな表情でぼんやりと自分を見ている二人に向き合った。

「二人は、これからどうしますか」

　急にふられた二人は動転した。

「えっ……あの……」

「いや、まぁ」

　濁していると、シルヴィアは空っぽの瞳で二人を見つめた。

「私は、城塞にいきます。城塞でくらします」

　キッパリと言ったシルヴィアに、二人は何も言葉を返せない。

　そんな二人を見て、シルヴィアは頭を下げた。

「ここまでいっしょきてくれて、ありがとございました」

そう言ってから顔を上げると、無表情のままくるりと背を向け、歩き出す。

「待てよ。せっかくだし、ここで一泊しようぜ。金なら俺が……」

「私は、いきます」

エドワードの言葉を遮《さえぎ》り、シルヴィアは振り返らずに歩きながら言った。

家畜たちも振り返らずにシルヴィアについていく。


「――待って！」

ジーナは叫ぶと同時に走り出し、シルヴィアの前に立つと頭を下げた。

「私、実は職を探しているんです！　できれば安全な、そうそう誰も手出しができない場所で働くことが希望なんです！　良かったら、私を城塞で雇《やと》ってもらえないでしょうか！」

シルヴィアは、あまりのことにポカンとしてしまった。

そんなことを言われるとは、まったく思っていなかったから。

エドワードも呆けた顔でジーナを見ていたが、

「出遅れたかな」

と、頭をかいたあとにシルヴィアの前に立ち、膝をついた。

「私は以前、近衛騎士団にいた経験があります。今は鍛錬《たんれん》しておりませんが、それでも腕に多少の自信がございます。寛大なシルヴィア様の慈悲《じひ》にすがり、私も雇っていただきたいのですが……いかがでしょうか」

言いきったあとに顔を上げてシルヴィアを見て、今度は噴き出した。

エドワードの笑い声に思わずジーナも顔を上げてシルヴィアを見て、同じく噴き出す。

シルヴィアは、笑う二人がわからなくて、尋ねた。

「……どうしてわらうですか？」

笑いをなんとかおさめたジーナが言った。

「だって……今まで見たことがないほど驚いてるんだもん」

「目玉が飛び出そうだったぜ？」

エドワードがそう言ったので、シルヴィアはまばたきして目をこする。

その手をジーナが止めた。

「こら。目をこすっちゃいけませんよ？」

「はい」

ジーナに叱《しか》られたシルヴィアは素直にうなずくと、恐る恐る確認した。

「…………城塞、だれもいないですよ？」

「「知ってます」」

二人が声をそろえて答えた。

シルヴィアはちょっと黙ってからまた言った。

「お給料がはらえるかわかりません」

「行ってみてから考えましょうよ。まだ見てないんですし」

「そういうこった。城塞なんて平民じゃ一生入れないところだからな。探検して、ダメそうならまたここに戻って三人で暮らしてもいいいんじゃないか？」

エドワードの提案に、ジーナがはしゃいで言った。

「賛成！」

シルヴィアは戸惑って二人を見ていたが、だんだんうれしくなってきた。

これからも、エドワードとジーナと一緒。

その想いは、シルヴィアを心から喜ばせた。

＊

エドワードとジーナは、シルヴィアの顔を見て驚いた。

「……え……」

――初めて、シルヴィアの笑顔を見た。

それは年相応で、とてもかわいらしかった。

六章──入城

シルヴィアたちは、いよいよ城塞付近までやってきた。

城塞がもう視認できるほどの距離だ。

エドワードは額に手をかざし、城塞を仰ぎ見ている。

「……かなり大きいな」

ジーナも呆けたように城塞を見ていたが、ポツリと洩《も》らした。

「あんなに大きかったら、誰か住んでるんじゃないでしょうか。……私、雇ってもらえるかな……」

エドワードが、ジーナを励ますように提案する。

「大丈夫だよ、シルヴィア様は城塞の城主に任命されているし、正式な書類もある。雇用《こよう》の権限はシルヴィア様にあるんだ。……そうだ、せっかくだからシルヴィア様付の侍女《じじょ》、って設定でいったらどうだ？　ちなみに俺はシルヴィア様専属の護衛騎士の設定でいかせてもらう」

「あ、じゃあそうします！　よろしくお願いしますね！」

ジーナとエドワードは不安そうな顔で陽気に話す。

シルヴィアは首をかしげた。二人が不安がっているのはなんとなくわかったが、何が不安なのかがわからない。

エドワードの言うとおり、城塞はシルヴィアのものだ。今、誰が住んでいようと、シルヴィアがもらったものだ。

だから、二人と家畜を住まわせる、と、シルヴィアが決めたのなら、誰も反対できないのだ。

そう、魔術で契約したのだから。

一時はしゃいでいたと思ったら、急に黙りがちになるジーナとエドワードとともに城塞に向かって歩いていたら、途中の林の手前、道が二手に分かれていた。

一方は、林に入り山林を上る。

一方は、山林を迂回《うかい》している。

道の方向としては、山林を上る道が城塞へのコースのようだった。迂回しているほうは、隣国へ向かう道のようだ。

立ち止まり、エドワードとジーナが首をひねった。

「うーん……。方向としてはあっちかな？」

「そうですね、道の先にお城がありますし」

シルヴィアは首をかしげていたが、

「じゃあ、あっちいってみます」

と、二人の意見を尊重して山林への道を歩き始めた。

山林を上りつつ、褒めているのかぼやいているのかわからない口調でエドワードが言った。

「うーん、相変わらず敵が出ない。そして疲れない」

ジーナがそれを聞いて笑った。

「不満そうな声でぜいたくなことを言ってますねー。私としては、そうとうありがたい魔術ですよ？　徹夜《てつや》で働いたことはありますが、長距離の移動はそれとは違うつらさと苦しみですからね！」

エドワードが苦笑する。

「この魔術に慣れると大変だぞ？　一生シルヴィアから離れられないな」

「本望《ほんもう》ですとも！」

ようやくジーナとエドワードが明るく軽口を叩き始めた。

そうして歩くこと一刻ほど。

山林を抜けた先に、城塞がそびえ立っていた。

「うわー……」

「ふえー……」

エドワードとジーナが城塞を見上げ、ため息とも感嘆《かんたん》ともつかない声を出す。

近くで見ると、遠くで見たときよりもさらに大きくいかめしく感じる。

まさに〝城〟と呼んでいいだろう。

エドワードの住んでいたレオナルド侯爵家の屋敷よりも、シルヴィアの住んでいたヒューズ公爵家の屋敷よりもはるかに大きい。

エドワードは次に、下を覗《のぞ》き込んで確認する。

「これは……濠《ほり》か？　いや、崖か。崖の向こう側に城塞を築いたんだ……」

足下は切り立った断崖《だんがい》で、落ちたら確実に死ぬ。

エドワードは自然な動作でシルヴィアたちを後ろに下がらせると、再び顔を上げて正面を見た。

崖を挟んで向かい側に入り口がある。

門も閉まっているが、それ以上に問題なのは、向こう側とこちら側をつなぐ跳《は》ね橋が、上がっていることだ。

「なんで跳ね橋が上がっているんだ？」

エドワードは首をかしげたが、「あ」と思いついたように声を上げた。

「しまったな……。途中の分かれ道は、迂回するほうが正解だったってことか。こっち側は非常時以外使われていないんだろうよ」

自問自答したのち、考え込んだ。

「……そうなると、また来た道を戻り迂回して正面に行かないといけない。かなり遠回りになりそうだな……」

ジーナは放心したように城塞を見上げていたが、困った顔でエドワードを見る。

「……遠回りになるけど、そっちから行くしかないんでしょうね……。この跳ね橋を下ろす人はいないんでしょう？　渡れないのなら跳ね橋が下りている門に行くしか方法がないもの」

エドワードとジーナが、やれやれと言った感じで引き返そうとしたので、シルヴィアは今こそ出番だ！　と思い、二人の前に立ち塞《ふさ》がって宣言した。

「跳ね橋をおろします」

「「は？」」

聴こえなかったのかな、とシルヴィアは思い、もう一度言った。

「跳ね橋をおろします」

二人は呆けてシルヴィアを見つめている。

「えーと、どうやって？」

エドワードが戸惑うように尋ねるので、実演して見せよう！　と、シルヴィアは崖に進み出た。

そして懐に手を入れると、紙を取り出し、城塞に見せるように掲げた。

『私は城塞のあるじです。あるじにしたがい、あるじとじゅうしゃを中にまねきなさい――【所有《オーナー》】』

詠唱したとたん、城塞が陽炎《かげろう》のようにゆらめいた。

エドワードもジーナも、目の錯覚《さっかく》かと思い、しきりに瞬く。

ゆらめきが収まると、ゆっくりと跳ね橋が下りてきた。

同時に、閉じられていた門も静かに開いていく。

「へ!?」

ジーナは驚いて跳ね橋を見つめる。

エドワードはシルヴィアと城塞を交互に見ている。

そして、呆然としたような声でシルヴィアに尋ねた。

「中に警備兵がいて、お前のその契約書が見えたから下ろした……ってワケじゃないよな？　魔術か？」

シルヴィアは、得意になって胸を反らせてうなずいた。

「生活魔術です。城塞のあるじは私だと、城塞におしえる魔術をつかいました」

「マジかよ……」

エドワードは、感心しているというより呆れて物も言えない、といった雰囲気で相づちを打った。

＊

跳ね橋が完全に下りて門が開く光景に、エドワードとジーナは見とれていたが、ドサッという音に驚きそちらを見ると、シルヴィアがひっくり返っていた。

「シルヴィア様！」

「シルヴィアちゃん!?」

驚きのあまり騎士モードになったエドワードが慌てて抱きかかえると、シルヴィアはエドワードの服をキュッとつかんだ。

「………はじめて魔力がきれました」

「そりゃあ、こんな大魔術を使ったら魔力切れを起こしますって……」

エドワードはつぶやくと、シルヴィアを抱いたまま立ち上がった。

「シルヴィアちゃん、大丈夫？」

ジーナは涙目でオロオロして、シルヴィアの背をさすったりしている。

エドワードは城塞の門の先を睨みつつ、シルヴィアに尋ねる。

「シルヴィア様。安全を確認できないままですが……中に入りますか？」

「うん」

ぐったりとしたままシルヴィアがうなずいた。

エドワードはつらそうにシルヴィアを見ると、

「……申し訳ありません。素手でシルヴィア様を抱えたまま守り切れる自信がありません。荷台に乗せても構いませんか？」

「…………うん」

シルヴィアは、いかにもしぶしぶ返事した、という感じで間を空けた。

エドワードは丁寧にシルヴィアを荷台に乗せ、寝かせる。

そして、息を吐くとジーナに、

「様子を探ってくる」

と伝えた。

ジーナはシルヴィアのそばで、涙ぐみながらシルヴィアの手を握っている。

「……おひざに乗りたいです」

「喜んで！」

と、ジーナは景気よく返事をすると、シルヴィアの頭を抱えて膝に乗せた。

「………おぉ。エドワードよりやわかいです」

と、シルヴィアが変な感想を洩らすので、

「案外余裕だな」

と、エドワードは思わずツッコんでしまった。

エドワードは気を引き締め、眼鏡を外してポケットにしまい、短剣を抜くと、前方を睨みながら慎重《しんちょう》に跳ね橋を渡り始めた。

スキルと魔術を駆使して城塞の様子をうかがいつつ歩いたが、なんの音も聴こえない。

無人のようだった。

跳ね橋を渡りきり、門の陰から様子をうかがう。

「……やはり、なんの気配もない。無人か、中にいる奴が気付いていないだけか……」

エドワードは門から中に入ってみる。

辺り一面、雑草だらけだった。

エドワードは構えを解いた。

「うーん、無人だという証拠になりそうな景色だな。草むしりしないと」

とはいえ、完全に安全を確認しないと危険だ。その後でシルヴィアを中に入れたい。

と、エドワードは考えていたのだが、音がして振り返ったら荷車が跳ね橋を渡ってきてしまっていた。

止めようかと一瞬考えたが、跳ね橋が下りた以上、もしも中に誰かいたら気がつくだろう、とエドワードは思い至った。

「……その、城塞にシルヴィア様が主だとわからせたって魔術の効き目を信じるしかないか」

もしも主以外がいたなら、城塞は主の安全に配慮《はいりょ》するだろう。してほしい。

エドワードは、荷車に乗っているであろうジーナに、

「もう少し中の様子を探ってくる！」

と、怒鳴り、雑草をかき分け奥に進んでいった。


荷車と家畜たちが門をくぐると、跳ね橋はまた上がり、門は閉じていった。

ジーナはシルヴィアの容態《ようだい》を心配するあまり、荷車に乗れてしまっていた。そのことに気付いてもいないほどだった。

ジーナは、門をくぐった、つまりはシルヴィアはこれから城主になった、と気を引き締めた。

そもそも旅の途中も公爵令嬢であったのだが、ここで気持ちを入れ替えたのだ。

ジーナは、シルヴィア付きの侍女だ。今まではシルヴィアの願いもあり敬語を使ってい

なかったが、これからは『シルヴィア様』と呼び、敬語で話さなくてはならない。

ジーナは咳払いすると、シルヴィアに呼びかけた。

「シルヴィア様、大丈夫ですか？」

シルヴィアは、キリッと顔を引き締め敬語で尋ねたジーナを見た。

だが、敬語をやめろとはもう言わず、つぶやいた。

「……おろしてください」

「はい！」

荷車に酔ったのかと、ジーナは慌ててシルヴィアを抱き上げ、荷車から下ろす。

「……地面におろしてください」

シルヴィアがそう言うと、ジーナは動揺する。

「え？　でも……。雑草がすごくて汚れちゃいますよ？」

ジーナはそう言ったが、シルヴィアは繰り返した。

「地面におりたいです……。おろしてください」

ジーナがしぶしぶシルヴィアを地面に寝かせる。

すると、這いつくばったシルヴィアは草むしりを始めた。

ジーナは、目が点になる。

「え、え？　シルヴィア様？　綺麗にしたいという気持ちはわかりますけど、そんな容態のときにやらなくていいんですよ？」

声を裏返して止めに入ったら、シルヴィアが首を横に振った。

「魔力をほじゅうします」

「草むしりで!?」

ジーナが仰天《ぎょうてん》した。

シルヴィアが必死で草をむしっているのをジーナはオロオロとしながら見守る。

すると、エドワードがやってきた。

「やはり無人のようだ……って、何やってんだコイツ!?」

エドワードも仰天してシルヴィアの奇行に叫んだ。

ジーナがエドワードに訴えた。

「それが……魔力の補充に草むしりがいいって……」

「草むしりが!?」

エドワードは口をあんぐり、と開けた。

草を必死でちぎっているシルヴィアを二人はどうしようかと見守っていたが、ふと、エドワードがシルヴィアに尋ねた。

「……なぁ、ソレって俺たちがやってもダメなのか？」

シルヴィアの、草をむしる手が止まる。

「…………」

シルヴィアはちょっと考え込んだ後、うなずいた。

「配下でもいけそうです」

エドワードが手をパン！　と叩く。

「よしきた。ジーナ、草をむしるぞ。あと家畜たちにも指示してくれ。草を食えばむしったことになるだろ」

エドワードの言葉が伝わったのか、家畜たちが一斉《いっせい》に草を食べ始めた。掘り起こしたりもしている。


エドワードもジーナも、腕まくりをして手袋を嵌め、猛然《もうぜん》と草をむしった。

エドワードは侯爵家の次男だったが、騎士団で草むしりをやらされたことが何度もあるし、ジーナはもちろん親方夫妻にやらされていた。

その頃の『やり損』に比べたら、シルヴィアの魔力を蓄《たくわ》えるため、という理由は大いにやりがいがある。

皆で雑草をむしっていると、しばらくしてシルヴィアが立ち上がった。

そして、ペコリと頭を下げた。

「立てるようになりました。ありがとございます」

慌ててジーナとエドワードが駆け寄った。

ジーナがシルヴィアの顔を覗き込み、ホッとしたように言った。

「良かった、顔色もよくなってる」

エドワードはシルヴィアを支えるように手を添える。

「だけど、あんまり無理するなよ。立つのはまだつらいだろ。今日はここで野営するか？」

シルヴィアは首を横に振った。

一緒に住んでもらう二人に、城塞を案内したいという気持ちがあるのだ。

「中にはいります」

エドワードはシルヴィアの回答を聞いて、渋《しぶ》い顔をした。

「……魔術を使わなくていいから質問だけに答えてくれ。さっきの魔術で、中の様子は知れるのか？」

シルヴィアはうなずく。

「だいたいわかります」

「中に、人はいるか？」

「いません」

シルヴィアは言い切った。

城塞はシルヴィアを主と認めているため、シルヴィアは中の様子を漠然と把握《はあく》できるのだった。

エドワードは少し考え込み、さらに質問を重ねる。

「……城塞は、お前を主だと認めているんだな？　その場合、主に危害を加えようとする者がいたら城塞は何かするか？」

シルヴィアはちょっと悩み、答えた。

「命令したら防衛も攻撃もします。でも、今は魔力がたりないので命令できません」

「わかった」

エドワードはうなずく。

そして、決意したようにシルヴィアとジーナに言った。

「今日のところはどこか一室を根城《ねじろ》にして、シルヴィアの魔力が回復したら徐々に探検しよう。……俺たち、シルヴィアの魔術無しだと普通の野営でも苦労するしな」

そう言ってエドワードは苦笑した。今まで頼り切っていたため、野営の準備が不十分なのを痛感したからだ。

シルヴィアがいなくては、この雑草だらけの地面をある程度ならして火をおこせる場所を作らなくてはならないし、何より木材が足りない。

つまり、火がおこせないので、乾パンをかじって寝るしかない。

ここは南の方なので暖かい気候なのだが、それでも夜は冷え込む。

今まではシルヴィアが魔術で火を維持していたのでまるで気にしたことがなかったが、暖を取れなければエドワードとジーナはまだ耐えられても、体調を崩しているシルヴィアには酷《こく》だ。

エドワードは、野営を提案したが無理なことに気付いたのだった。

「じゃあ、俺たちは中に入るか。外で野営するよりはマシだろう。……家畜たちは、ここでいいか？」

話しかけてもシルヴィア以外では伝わらないだろうとエドワードは考えていたが、家畜たちが鳴いて返事をする。

「……え。伝わるの？　マジ？」

偶然かもしれない、と、エドワードは自身に言い聞かせつつも、

「……じゃあ、シルヴィアの魔力回復のために、草をむしって、虫をついばんでてくれ。水場はそこにあったから」

ボソッと言って、水場を指した。

草むしり中にエドワードが見つけたのだ。そこだけ重点的にむしって綺麗にしてある。元は涸《か》れていたようだったが……恐らくシルヴィアの魔術によって城塞が水を流し始めたのだろう。石造りの長い水盤《すいばん》に水が溜まり始めていた。

「よし、行くか」

エドワードはシルヴィアを抱きかかえ、奥にある建物の扉に近づくと、自動的に扉が開いた。

「……どうやら歓迎されているようだな」

エドワードがつぶやくと、ジーナはエドワードを見た。

「……なんだか、エドワードさんの口調だと、とうてい歓迎されている雰囲気に聴こえないんですけど」

エドワードが笑う。

「ごめん、雰囲気を出した。歓迎されてるって、ちゃんと思ってるよ」

そう言って中に入ると、ジーナもあとに続いた。

暗いな、とエドワードがつぶやく前に、廊下にある照明の魔導具《まどうぐ》が灯《とも》る。

「ふぁあ……」

ジーナは驚いて、変な声を出してしまった。

エドワードは念のため、シルヴィアに尋ねる。

「……これって、魔術を使ってるワケじゃないよな？」

「城塞がやってくれてます」

シルヴィアがキッパリと答えた。

「シルヴィア様に完全服従してますね、城塞」

ジーナが呆けて言った。

中は埃《ほこり》っぽくて、いかにも廃墟といった感じだ。

エドワードもジーナも静かに歩く。

エドワードに抱っこされながら、シルヴィアは指示を出していた。

「まっすぐいってください」

「その階段をのぼってください」

「あ、ひだりです」

「その部屋です」

エドワードたちはシルヴィアの指示通りに歩き、とある一室にたどり着く。

「城主の部屋です」

シルヴィアがつぶやくと、ドアが開いた。

エドワードがシルヴィアを抱えたまま中に入ろうとし、止まった。

「うん、ま、そりゃそうだよな」

中は廃墟と化していたからだ。

エドワードはどうするかと悩み、ジーナはひそかに掃除を決意していたら、シルヴィアがゆっくりと腕を上げて中を指す。

『あるじをもてなす部屋に……――【改修《リノベーション》】』

シルヴィアが詠唱したのに、エドワードがギョッとした。

「おいッ！　やめろ！　魔力がないのにそんなことしたら……」

慌てて止めたエドワードだったが唱えた後だ、既《すで》に遅い。

「あっ！　部屋が！」

ジーナが驚いて声を上げる。

地震かと思うような揺れ方をしたと思ったら、埃が一気に拭《ぬぐ》い去られ、床や壁紙、窓、天井、家具が一気に新品になっていった。

「「……」」

度肝を抜かれたエドワードとジーナが部屋を見渡す中、完全に魔力を使い切ったシルヴィアは満足そうな顔で気絶していた。

シルヴィアに話しかけようとしたエドワードは、シルヴィアが気絶しているのに気付いて慌ててた。

「おい!?　大丈夫か!?」

ジーナも気づき、悲鳴を上げる。

「シルヴィア様！」

ジーナがシルヴィアを確かめると、すやすや眠っているのがわかり少しだけ気持ちを落ち着かせた。

「魔力切れって、私は起こしたことがないのでわからないんですけど……。命に別状はないんですか？」

ジーナに深刻な顔で尋ねられたエドワードは、思い出してうなずいた。

「あぁ。脱力感で立てなくなったり、ひどいときは気絶したりするが、死ぬようなことはない。安静にしていれば徐々に回復してくるよ。食事を摂《と》っても多少は回復するかな。ただし、魔力を含む食事じゃないといけない。食べると体力が回復するし、それとともに魔力が回復する……って話もあるらしいけど、それって即効性はないからね」

エドワードはジーナに回答しつつ、ベッドにシルヴィアを寝かせた。

毛布を掛け、ポンポンと優しく叩く。

「しばらくは、魔術禁止だな……」

そうつぶやいて振り返ると、やる気に満ちたジーナが仁王立《におうだ》ちしていた。

「……え？　なんだ？」

エドワードがうろたえながら尋ねると、ジーナがキッパリと言った。

「厨房《ちゅうぼう》を探しましょう！　そして、シルヴィア様に食事を作りましょう！　掃除は任せてください、私、料理以外なら得意ですから！」

エドワードは決意みなぎるジーナにちょっと引きながら目を瞬かせ、ぎこちなくうなずいた。

＊

シルヴィアは目を覚ますと、ベッドで寝ていた。

そしてなぜ目を覚ましたのかわかった。

食べ物の匂いがしたからだった。

むくりと起き上がると、ジーナが気付いて声をかけてきた。

「あ！　目を覚ました！」

ジーナが駆け寄ってきて、シルヴィアの背に手をかけて支える。

「大丈夫ですか？　シルヴィア様」

シルヴィアはうなずいて、ジーナに訴えた。

「エドワードのごはんの匂いがします」

ジーナは笑顔でうなずいた。

「うん、そうなんです。厨房を探して、私が掃除をしてある程度使えるようにした後で、エドワードさんに夕食を作ってもらったんですよ。あ、水も普通に出るし魔導具も使えました！」

シルヴィアはまたうなずいた。

城塞はシルヴィアを主として認めているので、城塞にあるものは普通に使えるはずだ。ただし、壊れていれば使えないが。ある程度は綺麗さを自動的に維持するが、ここまで汚れていると魔術を使うか自分たちで掃除するかしなければどうにもならない。

ジーナがシルヴィアを見ながら申し訳なさそうに言った。

「それで……汚れちゃったのでこの部屋についているお風呂も使わせてもらいました。許可なく使って申し訳ありません。今は、エドワードさんが入っています」

シルヴィアは、なんでジーナが申し訳なさそうなのかがわからず、キョトンとしながら言った。

「勝手につかってへいきです」

「よかった！」

ジーナがニコリとシルヴィアに笑いかけたとき、浴室への扉が開いてエドワードが出てきた。

眼鏡はかけていないままで、動きやすそうな服に着替え、腰に長剣を佩《は》いている。

シルヴィアを見て、

「起きたか」

と、ホッとしたように言った。

シルヴィアはエドワードにうなずいてみせる。

エドワードは大股《おおまた》でシルヴィアに向かって歩いてきて、そっとシルヴィアの前髪をかきあげ顔色を見て、納得したようにうなずいた。

「ちょっと顔色がよくなったかな。でもまだまだだから、魔術はしばらく禁止だ。それと……悪い。汚れたんで勝手に風呂を借りた。あと、コレも拝借《はいしゃく》してる」

エドワードが自身の腰にある剣を指さす。

「そこに置いてあった剣を借りた。誰もいない、ってことだけど、それでも何かあったら困るし。一応、俺、護衛騎士のつもりだから。……その代わり、ちゃんと守るよ」

シルヴィアは繰り返した。

「勝手にしてへいきです」

シルヴィアは剣なんて使わないし、エドワードもジーナもここに住むのだから、ここにあったのなら勝手に使っていい。

＊

シルヴィアが食事をとると、顔色が見る間に良くなり、そして笑顔になった。

その笑顔を見て、ジーナが心からホッとした顔で言った。

「良かったぁ～。元気になって、しかも笑顔になってくれて」

シルヴィアは目を瞬かせてジーナを見た後、真面目な顔で言った。

「エドワードは、てんさいです」

「はいはい、ありがとよ」

エドワードは苦笑する。

そして、ふと思いついて尋ねた。

「もしかしてシルヴィアは、食事でも魔力が回復するのか？」

シルヴィアがうなずいた。

「何かを殺したり、食べたりすると回復します」

エドワードは固まる。

そんなバカな、と思ったが、もう少し尋ねてみる。

「……それって、なんでもいいのか？」

「なんでもいいです。私じゃなくて、私に従うものがやってもいいみたいですけど、自分でやるよりもすくないです。なんでもいいから魔力を持つ何かを殺すと魔力をえられるのが、私のスキルです」

エドワードは、愕然とし、シルヴィアを放逐した両親を心からバカにした。

シルヴィアの持つ『魔力奪取』は、他に類を見ない素晴らしいスキルだ。なのに、野たれ死ねとばかりに追い出すなんて何を考えているんだ、お前らのスキルのほうがよほど劣っているだろ、と、声に出さず吐き捨てる。


夕飯を食べたら見るからに眠そうになったシルヴィアを、エドワードはベッドへ運んだ。ジーナも反対側に来てシルヴィアに毛布を掛け、ポンポンと手で叩いて寝かしつける。

その、子どもをあやすようなジーナを見て、エドワードは微笑《ほほえ》んだ。

「ジーナは一緒に寝ればいい。俺は、今日のところはひとまずソファを借りるかな」

そう言って離れようとしたら、シルヴィアがエドワードの服の裾をつかんで離さない。

「……シルヴィア？」

「大きいベッドなので、三人でおやすみできます……」

「いやそれはさすがにまずいだろ」

野営のときとは違う。

別に何かする気は無いが、同衾《どうきん》するのは独身の女性二人に傷がつく可能性がある。

だが、シルヴィアは服を離してくれないし、繰り返し言う。

「一緒におやすみするです」

ジーナが苦笑した。

「エドワードさん、平気です。私も気にしませんから」

エドワードは、この二人の危機感のなさに呆れた。

「えぇ～……。確かに、この三人が黙っていればいい話だけどさ……。とはいえ、俺、一応護衛のつもりなんだけど？」

ジーナが首を横に振った。

「とにかく休みましょう。私たち、疲れていますし、久しぶりのベッドなんですから、今日は何も考えず心配せずに、ゆっくり寝ましょうよ。……明日、起きてから今後について話し合いましょう」

最後の言葉でジーナにもいろいろ思うところがある、とわかったエドワードは苦笑を返し、諦めて横になった。

二人はすぐに寝付いたようだ。寝息が聴こえてくる。

エドワードは、すぐには寝付けず、腕枕をしつつ天井を眺める。

ボーッとしているうちに、シルヴィアが倒れたのを見た自分が思った以上に動揺し、主君に対しての言葉遣いに戻ってしまったことを思い返して舌打ちしそうになった。

昔の自分に戻るのが怖かったし、あの頃の自分が大嫌いだった。

人の表面のみで人格を判断し信じ切っていたクソ真面目野郎。親友も騎士団の連中も、さぞかし利用しがいがあっただろう。

……振り返れば、いろんな連中に利用されていた。侯爵家の子息がやるようなことじゃないどころか下級騎士以下のことをやらされていたのに、わかってなくてヘラヘラしながらやっていた。

今の自分からしたら「バカじゃねーの？」って思うし、今の自分が昔の自分を見かけたら「気にくわねーけどせいぜい利用させてもらうわ」って考えるだろう。

だから、あの頃の感覚を思い出したくなかった。

だけど……。

シルヴィアの周囲には自分を嵌めるような奴はいない。というか、今の自分は嵌めてまで手に入れたいものを持っていない。

「……守る。けど、完全に信用したわけじゃないし心を許したわけでもない」

エドワードはつぶやき、そばに立てかけた長剣に目をやった。

勝手に主君の剣を持ち出すなど、本来なら首を刎《は》ねられるほどの問題だ。

だから試した。

ぼんやりしたシルヴィアは、相変わらずぼんやりした回答だった。

「いや叱《しか》れよ」って思ったけれど、そういうふうに育てられてないのだろう、という確信を持った。

放置され、貴族令嬢はもちろん平民の子どもですらたどり着けないであろう場所へ、たった一人で向かわせられたシルヴィア。

エドワードは無性に不憫《ふびん》になり、シルヴィアの髪をそっと撫でた。

＊

翌朝。

ジーナは目を覚ますと、スピースピーと寝ているシルヴィアを見て声を立てず笑い、そっとベッドから抜け出した。

すでにエドワードは起きているらしい。

ベッドに姿はなく、部屋にもいなかった。

昨日のジーナは慌てていたし、厨房だけは綺麗にしないと、と考え掃除に専念していたのであまり見られなかったが、改めて眺めれば、この部屋は平民には見たことがないどころか想像ですら思い浮かばないほどに豪華だ。

ジーナは今のうちにじっくりと見て回りたいと思った。

浴室へ行き顔を洗って身支度をした後、そっと部屋のあちこちを見て回り、最後に窓を開けてベランダに出た。

「うわぁ……」

眼下は崖。

目の前に広がるのは海だった。

水面が朝日を受けてキラキラと輝き、磯《いそ》の香りを含んださわやかな風が吹き抜ける。

ジーナは海を見たことがないため、感動した。

風を浴びながら景色を堪能《たんのう》しているうちに、

「……叔父さんについていけばよかった」

ポロリとそんな言葉が出てきた。

事故であの家に引き取ってもらい、そこからは閉じこもりただひたすら縫い物をする生活で、本当に世間を知らなかった。

今回、シルヴィアとエドワードと旅をして、知らないことをたくさん知れた。

こんな感動するような景色を見ることができるのなら、叔父についていって旅をしてみたかった。

馬車も、シルヴィアが倒れたことで乗れるようになってしまったのだ。叔父についていってなんだかんだ苦労を重ねれば乗れるようになっていたのだろう。

そう考えると涙がにじむ。

何もかも愚《おろ》かで臆病《おくびょう》だった自分が招いたことだ。

……だが、シルヴィアに会えた。

それは僥倖《ぎょうこう》だった。

シルヴィアに仕えて、これからこの城塞で暮らしていこうと決意を固める。

涙を拭《ふ》いて、決意を新たに顔を上げたとき、横に誰か立っていることに気がついた。

横を向いたらエドワードが隣で海を見ていた。

「素晴らしい景色だな」

髪を風になびかせながら、エドワードが言った。

「はい。……エドワード様も見たことがありませんか？」

ジーナは、エドワードが平民ではないことを感じとっていた。

ずっと一緒にいれば元が貴族なのがわかる。いくら粗野にふるまっていても、所作《しょさ》の端々に優雅さが出ているのだ。

近衛騎士団《ロイヤルガード》にいたと言っていたし、実際そうなのだろうとジーナもわかった。

魔物が出たとき、さりげなく前に出てかばう。

断崖では、シルヴィアたちを後ろに下がらせ自分が前に出て調査をしようとした。

人をかばう動作が、あまりにも自然だ。本人も無意識なのだろう。

――近衛騎士ということは、尊い誰かを守っていた。

常にその方に仕えるために正しい礼儀作法を学んだのかもしれないとも考えたが、恐らくそれだけではない優雅さを身につけている。

そうジーナは感じとったので、言葉遣いを改めたのだった。

だが、エドワードは困った顔で笑った。

「急に〝様〟をつけるなって。今は平民だし、むしろ呼び捨てでいいよ、今日からシルヴィア様に仕える同僚だ。――こんな美しい景色をこれからも眺められるとなると、シルヴィア様についてきて良かったって、心から思えるな」

「はい！」

強く同意するように、ジーナは元気よく返事をした。

＊

エドワードは、日の出前に起きた。二人が寝ているのを確認すると、そっとベッドを抜け出した。今日から訓練を再開することにしたのだ。

いつまで『シルヴィアの従者ごっこ』をやるかはわからない。だが、城塞まで来てしまった以上、それなりの実力にしておかなければならない。今のエドワードの状態では、破落戸《ごろつき》にも負けるだろうから。

ふと思い立つと、昨日ポケットに入れた眼鏡を取り出し、しばらく眺め、バッグの中に放り込んだ。

「……騎士としてそばにいるのなら、眼鏡はいらないな」

そうつぶやくと長剣を持ち、最初に入ってきた門で稽古《けいこ》をすることに決め、向かった。

ついでに家畜たちの様子を見るか、と門へ続く扉を開けたら……家畜たちはだいぶ頑張ったらしい。地面がひどいことになっていた。

エドワードはため息をついた。

「まずは片付けだな」

むしられた草を一箇所に集めていく。

家畜たちは寝ているようだった。集まって寝転んでいる。

シルヴィアの魔術のせいかもしれないが、仲が良いなと思った。あと、泥だらけなので起きたら洗わないとだな、とも思った。

「さてと。それじゃあ始めるか」

気合いを入れて訓練を始めた。

始めて間もなく、苦笑する。

「鈍《なま》ってるな……」

まるで動けない自分を自覚しつつ、それでも訓練を楽しんだ。

……あぁ、やはり身体を動かすことは嫌いじゃない。というより、好きだ。

そうだ、雑用を引き受けていたのは身体を動かすことが好きだったからだ。嫌じゃなかったから、大したことをやってないのに賞賛されるから引き受けていたんだ、ということを思い出した。

今、料理を引き受けているのは、シルヴィアがバカの一つ覚えみたいに言う褒め言葉を聞きたいからだ。

たったそれだけだった。

バカな男だなと自嘲《じちょう》するが、なぜか晴れやかな気持ちになった。

「……別に、恨むほどのことじゃなかったか」

親友だと思っていた男に陥れられた。

周りは自分を利用していただけだった。

それがどうした？　そもそもエドワードという男は、他人に何も期待していなかっただろう？　感謝されて気持ち良くなりたいからやっていただけだし、親友と思っていた男は俺を褒めたたえるのに嫌気《いやけ》が差したんだろう。どうせ、あれがどんな罪であろうとも、自分がやっていようがやっていまいが関係なく、父は侯爵家の名誉のため揉《も》み消す。

ただそれだけだ。

いつしかエドワードは笑っていた。

そして、笑い声とともに、憎しみが消えていった。

「……よし、こんなもんかな」

稽古を終える頃に家畜たちが起きだした。
それぞれ、こちらを見ながら鳴き声をあげる。
「餌の催促《さいそく》か？　……ちょっと待ってろ。シルヴィアじゃないと用意できないから」
エドワードはそう話しかけると、家畜たちを水場で洗った。
ついでに自分も軽く汗を流す。
――家畜たちがこれだけむしったのだから、餌をやる魔力くらいは回復しているだろう
……たぶん。だが、今後はなるべく使わせないようにしよう。食料は町で買い求めればい
い。近くに町があればそこで買い、なければちょっと遠くなるが手前の町がある。
と、考えていたら、町という言葉でエドワードは思い出した。
「城主となったからには、少なくとも城下の町や村の税収は納めてもらえるはずなんだが
……。その辺はどうなんだ？」
そもそも、果たして城下町があるのか、そして、今まで無税だったとしたらいきなり税
を徴収《ちょうしゅう》するといって受け入れられるのか。
考えることもやることも山積みだな、と思いつつ今度は朝食を作りに厨房へ向かった。

＊

シルヴィアが目を覚ましたのは、朝食の匂いを嗅《か》いだからだ。

むくりと起き上がり、開口一番《かいこういちばん》、

「エドワードはてんさいです」

と、言った。

「はいはい、おはよう」

「おはようございます。シルヴィア様、まずは顔を洗いましょうね」

エドワードは苦笑をしつつ、ジーナはさわやかに朝の挨拶をしてくれた。

そして、ジーナに連れられて洗面所に向かう。

シルヴィアが顔を洗うとジーナが軽く顔を拭き取ってくれて、服を着替えさせ髪を梳《と》かし結わえてくれた。

「自分でできるですよ？」

シルヴィアは、どうして手伝ってくれるのだろうと不思議に思って尋ねると、ジーナは決意を表明してきた。

「そうでしょうが、今日から本格的にシルヴィア様の侍女っぽいことをすると決めました！　ですので、これからはシルヴィア様も、私を侍女だと思って接してくださいね！」

シルヴィアは、侍女をよく知らないので困ったなと思いつつもうなずいた。よく知らないけど、ジーナは知っているようなので任せておけばいい。

ジーナは支度を終えたシルヴィアを、ソファに座らせる。

シルヴィアの前には、美味しそうな朝食が並んでいた。

卵の炒《いた》めたものと、干し肉と乾燥野菜を戻したスープ、クラッカー。

いつ何時《なんどき》何があるかわからないからとエドワードが非常食を買い求めていたのが幸いし、シルヴィアが倒れて魔術で生成した肉と野菜が手に入らなくても、夕食と朝食はなんとか賄《まかな》えた。卵だけは、さきほど鶏が産んでくれたのをもらってきたものだが。

「今後のことは、食べてから話そう」

「はい、いただきます」

エドワードが言い、ジーナが同意して、皆で食べ始める。

非常食でも、エドワードの作った料理は美味しい。

「たいしたものじゃなくて悪いな」

と、エドワードが言ったので、シルヴィアとジーナは同時に首を横に振った。

「エドワードはてんさいです」

「とても美味しいです。いつもありがとうございます」

エドワードが食材の不足を気にしているようなので、シルヴィアは、あとでお肉と野菜を渡そうと考えた。

食事を終え、お茶を出しながらエドワードが頼んできた。

「もし、ある程度魔力が回復したなら、あとで家畜たちの食事用に野草を出してもらえないか？　朝、様子を見に行ったら、腹を空かせていたようなんだ」

「うん、やります」

シルヴィアはうなずく。

ついでにお肉を取り出そうとも思った。

エドワードはシルヴィアの向かい側のソファに座ると、姿勢を改めシルヴィアをまっすぐ見た。

「……で、今後なんですけど。シルヴィア様はどうされるおつもりですか？」

シルヴィアは、エドワードに切り出されて、目をパチパチさせたあと、ちょっと困ってしまう。

「私は、ひとりでくるつもりだったから、なにもかんがえてなかった。私の魔術で生活はできるけど」

指をもじもじさせながら答える。

ジーナも、エドワードの問いかけとシルヴィアの答えを聞いて困ってしまう。

ジーナは、シルヴィアに仕えるつもりだ。

そもそも今までも給金なく働いていたから、無給だろうがそこはまったくかまわない。だが、そうなるとシルヴィアの魔術に頼り切りの生活になってしまう。それでいいのか、とふと思ってしまった。

困っている二人に、エドワードは説明し始めた。

「――まず、シルヴィア様はここの城主です。契約書にその文言があるので決定事項ですね。ならば、この城に城下町……まではいかなくても、村があれば税を取れます。今までどうしていたのかわかりませんが、とりあえずは交渉《こうしょう》して税収を得ましょう」

シルヴィアもジーナも目を丸くした。

そんなことができるの？　という顔をしている。

エドワードは身を乗り出した。

「城をくれた、ということはそういうことです。城主として指名されたなら、城を守るために税収を得るのは当たり前です。いままではいなかったのだから無税だったかもしれませんが、シルヴィア様は城主に指名されたので、これからはシルヴィア様が税を徴収することになります」

エドワードはキッパリと言いきった。

エドワードとしては、無理やりだろうがこの論法で押し通すつもりだ。

公爵家がどういう理由で指名してきたのだとしても、城主ならば城を維持しないといけない。

それが取り消されない限りは。

いつか発覚して任命を取り消してくるか税収を取り上げるかするだろうが、それまでにある程度の財産を築いてトンズラすればいいと考えている。

シルヴィアの魔術はかなり有用だ。めんどくさいことになって三人で逃亡する羽目になろうが逃げ切れると確信している。

特にこの地は隣国に近い。

いざとなったら隣国へ逃げ込もうと決意している。

シルヴィアはボーッとした顔をしていたが、突然エドワードをキリッとした顔で見て、返答した。

「わからないけど、わかった」

それは、わかってないということでは……？　と、エドワードはツッコみたくなったが呑み込む。

「そうですね、家畜の食事を用意したら、まずはあちこち見て回り、反対側に行ってみましょう。近くに町があるようでしたら買い物もしたいですし！」

ジーナは目下《もっか》の行動にランクを落として提案した。

行動方針が決まり、三人はまず家畜のところに向かった。

「お前たち、がんばったです！　魔力がもどってきたので、ごほうびです！」

シルヴィアはがんばった家畜たちを褒めた後、魔術で家畜たちの好む野草を生やす。

家畜たちはうれしそうな鳴き声をあげて、さっそく食べだした。

「ぶじ到着したから、お前たちもここから出なければ、好きにたんけんするです」

と、シルヴィアが許可を出していた。

シルヴィアと家畜たちが戯《たわむ》れている間、エドワードがジーナに近づきこっそりと話しかけてきた。

「……ジーナ。護身術《ごしんじゅつ》を覚える気はないか？」

「はい？」

ジーナはキョトンとした。

ジーナとしては来るかもしれない追っ手撃退のため願ってもないが、どうしてまた、と不思議がる。

「俺の考えでは、シルヴィア様に必要なのは、紅茶が美味しく淹《い》れられる侍女より、何かのときに身を守ってくれる侍女だ。あるいは自力で身の守れる侍女だな。シルヴィア様自身、戦えるから。今、このメンツで一番弱いのはジーナ、君なんだ。そうなると、シルヴィア様という主君が、君という侍女のために戦わないといけない事態になる。それじゃ、本末転倒《ほんまってんとう》だ」

ジーナはエドワードにそう言われてうつむいた。……自分は縫い物以外、シルヴィアの役に立てそうな取《と》り柄《え》がない……。

そう理解し、暗くなる。

エドワードが慌てた顔でフォローしてきた。

「別に嫌みを言いたいわけじゃない。それに、普段の侍女としては今の感じでいい、よくできている。あとは急場の対応だ。本気で戦えなくてもいいんだよ、ただ油断している奴を撃退できるか戦闘不能までもっていければ、自分自身の身を守る、っていう意味でも今後の役に立つと思ったから、声をかけたんだ」

ジーナはエドワードの心遣いが沁《し》みて、頭を下げた。

「ありがとうございます。……私もいろいろ事情があって、護身術は願ってもないことなんです。ぜひ、よろしくお願いいたします」

エドワードがホッとした顔で返した。

「こちらこそ。二人でシルヴィア様をもり立てて、支えていこう」

「はい！」

と、いい感じにまとまったところで、シルヴィアが声をかけてきた。

「エドワード、これをどうにかしてください」

二人がそちらを向くと――魔術で肉を作り出していた。

ジーナはぼんやりと、あ、今回は鶏さんのお肉ね。美味しそう、でも、魔術使っちゃったの？　エドワードさんが禁止してたのに？　怒られるんじゃないかな――と、肉を見ながら考えていた。

案《あん》の定《じょう》、エドワードはニッコリと怖い笑顔でシルヴィアに微笑みかけたので、シルヴィアがびくりとする。

「シルヴィア様、何をしてらっしゃるのですか？　家畜たちの餌は、私では用意できなかったので頼みましたが……『肉を出してくれ』とは頼んでいませんよね？」

エドワードが額に青筋《あおすじ》を立てながらばか丁寧に言った。

「え、あ、う」

「シルヴィア様の魔術は非常に有用です。ですが、私とジーナで用意できそうなものまで魔術で用意されなくても良いのですよ。シルヴィア様の魔力は有限ですので、必要なときに魔力切れを起こされると困るのです。わかりますか？」

「はい」

シルヴィアが縮こまった。

我に返ったジーナは、慌てて間に入る。

「お肉が食べたかったんですよ！　お昼はお肉を焼きましょう！　ね？　――あ、これは私が受け取りますね！」

早口でまくしたて、笑顔でシルヴィアから肉を受け取った。

エドワードはため息をついて独りごちる。

「今日も草むしりかな」

家畜たちがのどかな鳴き声をあげた。シルヴィアのために、やる気になっているようだった。

けなげだなぁ、と、ジーナは肉を抱えながら思った。

鶏から産まれた肉は厨房にあった貯冷蔵庫にしまい、そのあと三人は一階部分の探索《たんさく》に乗り出した。

「……そういえばエドワードさん、眼鏡はどうしたんですか？　かけなくて見えます？」

ジーナが何気なく尋ねると、エドワードは苦笑した。

「やっぱり気になるか。……実は俺、眼鏡をかけなくても見えるんだよ。あれは、商人として、相手を油断させるための小道具なんだ」

「そうだったんですか！」

ジーナが驚いた。

「騎士をしていたから、目つきが悪いかなって思ってね。眼鏡で隠していたんだ。でも、シルヴィア様の護衛騎士になるんだったら、もういらないかって思って、外した」

エドワードがそう説明すると、ジーナが笑顔で返した。

「そうなんですね！　でも、エドワードさんは穏やかな外見なので、気にしすぎだと思いますよ」

「ありがとう」

そんな会話をしつつ廊下を歩くと、小さな部屋をいくつか発見した。

「城塞だとすると、兵士用の部屋かな。使用人部屋なら半地下に作るはずだ」

「へぇ～！　さすがに詳しいですね！」

エドワードのつぶやきを聞いてジーナが感心する。

さらに進むとドアノブに手をかけたが回らず、開かない部屋が出てきた。

「……開かないな。鍵がかかってるのか……」

エドワードが言うと、シルヴィアがエドワードを見た。

「開けるですか？」

魔術を使うのがわかったので、エドワードは首を横に振る。

「いや、開かないのがわかればいいですよ。今のところは放置しましょう」

そう言って別の扉を開けると、そこは武器庫だった。

「残念、ほとんど使い物にならないな」

いくつか武器が落ちていたが、ほとんど朽ちている。

それでもエドワードは中を細かく見て物色し、とうとう見つけた。

「よし、これは無事だな」

シンプルなショートソードだ。鞘《さや》に収まりさらに布でくるまれていたからか、ブレード部分にミスリルが配合されているからか、錆《さ》びず切れ味も落ちていないように思われる。

それが二本あった。

「うん、これは使えるな」

エドワードは満足げにうなずくと、シルヴィアと一緒にボーッとしているジーナに差し出した。

「ジーナ、はいコレ」

「ハイ?」

ジーナは首をかしげる。

「ジーナの武器だよ。身を守れた方がいいって言っただろ？　そうじゃなくても武器なしじゃ危険だ。だから、持ってて」

ジーナは顔を引きつらせた。

確かに護身術を習いたいとは言ったけれど、展開が早すぎやしないかしら、とりあえず受け取って鞄にしまっておこう……というジーナの心の内を読んだエドワードは、ニッコリ笑顔でジーナに通告した。

「常に身につけておいてくれよな？」

「………はい」

終わった、というような表情でジーナがうなずいた。

武器庫を出て、探索を続ける。中ほどの海側に鍛冶場《かじば》があった。そこにも鍵のかかった扉がある。

「鍵がかかっている扉が多いな……。当たり前、っちゃあ当たり前だが」

金目の物が入っているかもしれない。

が、今はシルヴィアに魔術を使わせたくない。

どうしても必要になってきたら開けてもらおうと考えて、エドワードは次へ行くように促す。

鍛冶場の反対方面には、朽ちかけた厩舎《きゅうしゃ》と納屋《なや》があった。その近くには、畑らしき場所もある。

三人はここで立ち止まり、エドワードは腕を組んで厩舎のある中庭を見渡した。

「家畜はここのほうがいいんじゃないかな。日当たりもいいし今いる玄関前より広いし、整えれば専用の寝床《ねどこ》もあるし」

エドワードがつぶやくと、シルヴィアはうなずいて、

『じゅうしゃのすみやすい住居にととのえよ——【改修《リノベーション》】』

と詠唱した。

すると、雑草や邪魔な雑木《ぞうき》が一気に撤去《てっきょ》されていく。同時に、厩舎と納屋が新品に生まれ変わった。

馬用だけではなく、ちゃんと鶏や牛や豚や羊や山羊など、それぞれの小屋が建てられていく。

エドワードはそれを見ながら『しまった』と、反省した。独り言だったのだが、シルヴィアからしてみれば魔術の催促にしか聴こえなかっただろう。魔力の残存量が気になり、そっとシルヴィアを見た。

「……同時に草むしりしているから、魔力はセーフ？」

「セーフです」

エドワードの問いにシルヴィアが答え、エドワードは胸をなで下ろす。

シルヴィアはホッとしているエドワードを不思議そうに見た後、叫んだ。

「みんな、くるですよー！　あたらしいおうちができました！」

「え、それでホントにくるの？」

エドワードは思わずツッコむ。

ジーナはちょっと首をかしげたが、

「……でも、シルヴィア様の家畜ですから、くるんじゃないですかね？」

と言った。

エドワードは半信半疑だったが、

「あ、きたです！」

シルヴィアが喜色《きしょく》を浮かべて振り返ると、確かに鳴き声が聞こえてきた。

ほどなくして、家畜たちがゾロゾロと現れた。

「マジかよ、シルヴィア様の魔術、ハンパないな」

エドワードは呆然としてしまった。

家畜たちは厩舎のある広場に喜びの声をあげ、思い思いに駆け出した。

「せまかったので運動ぶそくでした」

シルヴィアが言う。

「それで草むしりがんばったのかね」

今朝の惨状《さんじょう》をエドワードは思い出しながら、はしゃぐ家畜たちを眺める。

……ふと、奥にある畑に目がいった。

城塞は、立てこもることもあるので自給自足できるようになっていると聞いた。だから畑があるのだろうが……ただ、三人だけではとうてい畑で何か育てる時間などない。

「……畑は」

とつぶやき、ハッとしてシルヴィアを見たら、シルヴィアが魔術で何かしようとしている。

エドワードは、勢いよくシルヴィアの顔を覗き込んだ。

「シルヴィア様？　今何かされようとしていませんか？」

笑顔でエドワードが尋ねると、ビクッとしたシルヴィア。

至近距離の、笑顔で怒るエドワードはかなりの迫力だ。

「え、う」

唱える前に口ごもったら、ジーナが慌てたように叫んだ。

「畑には、野菜の種を蒔《ま》きましょうか！　町に出たときに、種をもらえるか頼んでみましょう！　ね、エドワードさん！」

ジーナのとりなしで、エドワードはシルヴィアの顔を覗き込むのをやめたが、再度言い聞かせた。

「シルヴィア様。魔力は有限で、私もジーナもシルヴィア様に倒れてほしくないのですよ。おわかりですか？」

「はい。しません」

シルヴィアは、小さくうなずいたので、ジーナはシルヴィアの手を握った。

「必要なときは頼みますから！　そのときはよろしくお願いしますね！」

ジーナが明るく言ったので、シルヴィアはホッとしたように、

「そのときは私がやるです」

と張り切って言った。


家畜を残して三人は奥に向かった。

だんだんと鍵の閉まっている部屋が増えていく。

途中にある階段を上ると、踊り場に出た。眼下には広いエントランスがあり、大きな扉がある。

だが、分厚い埃に覆われ、家具は倒れ、壁紙は剥《は》がれ落ちている。

あまりのエントランスの荒れっぷりに三人が顔をしかめ、シルヴィアは訴えるようにエドワードを見た。

シルヴィアの意図がわかり、エドワードは苦笑する。

「……さすがにこの惨状でこの広さだと、俺とジーナだけじゃ掃除は無理ですね。お願いできますか？」

シルヴィアがうなずくと、

『あるじにふさわしい部屋に改装せよ――【改修《リノベーション》】』

と唱える。

まるでページをめくるように綺麗になっていった。よく見れば、あちこちが魔術をかける前と違っている。

よくわからない魔術だなと思いつつ、

「ありがとうございます。さすがですね」

と、エドワードはシルヴィアを褒めた。

ジーナは手放しでシルヴィアに賛辞《さんじ》を贈っている。

エドワードは甘やかし過ぎだなとは思うが、甘やかされたことのない子のようだからいいか、と止めなかった。自分は厳しさ担当、ジーナは甘やかし担当だとも考える。

綺麗になったエントランスの中央階段を下りて玄関扉の前に立つと、自動的に開かれた。シルヴィアの魔術に慣れてきたので、もうジーナもエドワードも驚かない。

そのまま進み外に出た三人は、扉の先の光景に目をみはった。

「……こっちが表門だったか」

と、エドワードがつぶやく。

裏門のほうは雑木林で鬱蒼《うっそう》としていたが、こちらはのどかな草原の景色が広がっていた。手前にある内門までの道は、元はしゃれた庭園だったのかもしれないが、現在は草に覆われている。だが、それでもなかなか美しい。

内門を出て少し歩くと斜面になっていて、その先に濠と外門がある。濠の先に町があり、さらに奥には畑や牧場があるようだった。

「……綺麗なところですね」

ジーナが感嘆して言う。

「裏門の城壁はかなり高かったのに、こっちはそうでもない。中庭の城壁も高かったから……なんか、まるで公爵家から攻撃を受ける前提みたいに作られているんだな」

エドワードは城壁の作りに首をひねっていた。

『城塞都市』はここを見るのが初めてなのだが……元騎士としては、城壁をもっと高くしてほしいと思う。

これじゃ、守りに弱いぞと内心で不平を洩らした。

「ま、隣国は今、友好国だし、いいか。それより町に行ってみないか？」

エドワードがそう提案すると、ジーナが賛成した。

「いいですね、偵察《ていさつ》しましょう！」

シルヴィアは、よくわかってないままうなずく。

三人は、暖かい日差しが降り注ぎさわやかな風が吹く中、町へ向かって歩き出した。

七章 —— 城下町

三人は町にやってきた。

「けっこう栄えているな」

「そうですね。綺麗だし、雰囲気が良いです」

エドワードとジーナが感想を言い合う。

思ったよりは、という言葉が頭につくが、それでも寂《さび》れている感じはなく、活気があるように思われた。

円錐《えんすい》型の屋根に、白い石積みの住宅が主だ。

人口が少ないからだろうか、家と家がわりと離れていて、客商売であっても裏で畑を作っている店が多い。

半数くらいは鶏や馬を飼っている。

のどかで、街並み全体が白っぽいせいなのか、清潔で明るく感じる。

町ですれ違う人々は皆笑顔で三人に声をかけてきた。

「外部から来たのか、珍しいな！　ようこそわが町へ！」

「あら、見ない顔ねえ。わざわざここまで来たの？」

「困ったことがあったら声をかけなよ」

エドワードとジーナは、持ち前の人当たりの良さを発揮し、笑顔で礼を言う。

ジーナは実際に、感じの良い人たちばかりだと喜んでいた。

城塞に住むということは、ここの町の人々とも触れ合うことになる。

ならば当然、住民は良い人たちの方がいい。

エドワードはにこやかに挨拶をしつつ、家々を観察し、何か考えているようだ。

ジーナはここまでの付き合いで、エドワードは穏やかな外見とは裏腹に、非常に疑り深い性格なのを見抜いていた。

……そのわりにお人好しの面はあるのだが。

ただ、騙されやすい性格の少女とまるでわかっていない幼女との組み合わせを率いているので、人一倍警戒しているのかもしれないな、と考えていた。

シルヴィアは町を見ても特に思うところはないようで、ジーナに手を引かれながらボーッと歩いている。

しばらく歩くと、エドワードが立ち止まって二人を見た。

「じゃ、俺は情報収集してくるから、二人は日用品の買い出しをしていてくれないか？」

シルヴィアはキョトンとして、不思議そうに首をかしげた。

「………？　私がまじゅ――」

「わかりました！　さぁシルヴィア様、行きますよ！」

シルヴィアが何か言いかけたので、危険を察知したジーナがかぶせて返事をする。

そして、シルヴィアをズルズルと引っぱって歩き出す。

「さぁシルヴィア様！　あっちこっち見て回りますよ！」

ジーナが言うと、シルヴィアは引きずられながら言おうとする。

「私が魔術」

「それはダメです！　エドワードさんに叱られますよ！」

ジーナが慌てて遮ると、シルヴィアは「むぐ」と、変な声を出して口元を押さえ、言葉を呑み込んだ。

「……わかったです。お金はもらったのがあるので、買うのです」

ジーナはそれを聞いてどうしようかと悩んだら、察知したシルヴィアがキッパリと言い切った。

「ぶかのお買い物はあるじがするのです！　ジーナは私のぶかになったのです！」

ジーナがガクリと首を下げた。

「……そう言われると、確かに」

シルヴィアは急に元気になった。

「では、お買い物に出発なのです！」

引きずられながらもシルヴィアは元気よく言った。

エドワードはジーナに引きずられていくシルヴィアを見て声を出さず笑うと、自身も調査に向かうべく歩き出す。

さりげなく市場観察をしつつ、町の人々と会話し、情報を聞きだした。

エドワードが不審《ふしん》に思った点は、だいたいの店が商品を屋内に置いており、そして店が家とさほど変わらない造りをしていることだ。

ドアは開けっぱなしの場合が多いが、看板がなければ店だとわからない。

普通なら店先に商品を並べるだろうに……。

やたら声をかけられるのは、観光客にはどこに何が売っているかわからないだろうと気遣われているからだと察してきた。

エドワードがそのことについてツッコむと、住民たちは笑う。

「あー。だって、ここに住んでるのなら誰が何を売ってるかなんて知ってるからな」

「わざわざ外に並べるの、大変でしょ？　運んできたばかりのを売るときは、めんどうだから外に出しっぱなしにして売るときもあるけど」

という、売り上げに四苦《しく》八苦《はっく》し、あの手この手で売ろうと知恵を絞《しぼ》っている連中が聞いたら顎を外しそうな答えが返ってきた。

「……そういえば、地図ってあります？　実は、地図を持っていなくて、どうやってここまできたかイマイチわかってないんです」

エドワードがとぼけた様子で頭をかくと、周りにいた人々が笑う。

「ホラ、これだよ」

誰かがわざわざ持ってきてくれた。

親切だなとエドワードは感心しつつ礼を言った。

歩いてきた方角から考えると、ここは公爵領でも南西に位置しているはずだ。

地図で確認したところ、どうやら半島のようだった。

「うわ……。めんどくさいルートだ」

一時は正規のルートと思われた、途中で分かれていたもう一方の道は、やはりというか隣国へ行く道だった。

いったん隣国を通り抜けて別の関所から公爵領に戻ってから入るか、自分たちが入ってきた裏門から跳《は》ね橋を下ろして入るかしかできないのだ。

そんな不便な場所に人が訪れるわけがない。

恐らくこの町ですべてが完結しているか、交流があっても隣国とだろう。

だからいろいろな人が珍しがって話しかけてくるのか、と、いまさら理解した。

そんな閉鎖的《へいさてき》な町なら本来、余所者《よそもの》の来訪を歓迎せず疑心暗鬼《ぎしんあんき》に問いただしてもいいはずだが、住民たちは表面上、どこまでも興味本位で親切なだけだ。

エドワードは地図を返し、またとぼけてみせた。

「ありがとうございます。俺、とんでもなくめんどくさいルートでここにきたのがわかりました」

そう言ったらドッと笑われた。

エドワードは大丈夫かこの住民たち、もう少し余所者に対する危機感を持て、と、内心で説教しつつも今度は税の話を振ってみた。

「のんびりとしていい雰囲気の町ですね。……でも、税なんかはどうでしょう？　儲《もう》けを考えないで商売をしていても、やっていけますか？」

住民たちはキョトンとしたが答えてくれた。

「普通だよ。他は知らないけど、やってけないってことはないね。ただ……そうさなぁ。もしかしたら他よりも安いから、あっちこっち壊れてても予算がなくて直してもらえないのかもなぁ」

どうやら税は納められているようだ。

ただし、恐らくたいした額ではない。

こんな呑気な住民たちが普通、と言うのだから、ものすごく安いに決まってる。

だが、納められていることは確かだ。

となると、公爵家から派遣された税徴収官が取りに来ている……の前に、この城塞都市のメイヤー《長》が徴収しているはずだ。

エドワードは住民からあらかた情報を得ると手を振って別れ、顎に手を当ててつぶやいた。

「メイヤーに会って話を聞くべきだな」

そのためには準備をしなければ、と、エドワードはやるべきことを脳裏《のうり》に書き出し、それらをこなすためジーナとシルヴィアを探して歩いた。

しばらく探し回ると、ちょうど店からジーナとシルヴィアが出てくるところだった。

けっこう買い込んだようだ。

ジーナは両手に大きな荷物袋を提《さ》げている。

「おーい」

エドワードが声をかけると、ジーナとシルヴィアがエドワードを見た。

「あ、エドワードさん！」

ジーナは笑顔でエドワードを見る。

ジーナが笑いかけてくれるのは想定内だったが、続いてシルヴィアがエドワードを見て顔を輝かせたのでエドワードは虚を衝《つ》かれた。

やっぱり笑うとかわいいな、とエドワードは改めて思い、できるだけ笑わせようと心に誓う。

……が、それだと叱る者がいなくなるので、やはり自分は鞭《むち》担当にならなければいけないことに気がついた。

「…………？　エドワードさん？　どうしました？」

急に落ち込んだエドワードを見て、ジーナとシルヴィアがそろって首をかしげた。

「……いや、大したことはないんだ。それより、話がある」

エドワードは咳払いをして気を取り直し、計画を話し始めた。

「この町を治めるメイヤーに会って、税をこちらに納めてもらうように手筈《てはず》を整えるつもりだ」

シルヴィアとジーナがポカンとする。

「……そういえばそんなことを言われていたような？」

ジーナがつぶやくと、エドワードはうなずいた。

「そうだ。シルヴィア様は城主。それを伝え、相手の出方を見つつ税を納めるように促そう」

「わかりました」

ジーナは不安そうな顔をしながらもうなずいた。

「それには、まず会談するための服を手に入れないといけない。人は見た目で九割を判断するものだ」

エドワードが語り始めた。

「今の俺たちの『どう見ても平民』という格好じゃ、たとえシルヴィア様が契約書を見せたとしても誰も信じてくれないだろうし、信じてもらったとしても城主としては認めてもらえないだろう」

「それはそうでしょうね」

エドワードの発言に、ジーナも深くうなずいて同意する。

「そういうことでシルヴィア様、服飾店に行き、ふさわしい服を手に入れましょう」

エドワードがそう言うと、シルヴィアはよくわからないままうなずいた。

エドワードはジーナから荷物を受け取ると軽々と持ちながら、町で一軒のみの服飾店に出向いた。

服飾店に入ると、ジーナはウキウキしながら服をあれこれ見始める。

エドワードは、やはり女の子は服が好きなんだなと微笑ましく思いつつ、店主に声をかける。

「……実は、そこにいる小さな令嬢は、貴族なのです。事情があり平民服を着ていて、替えの服も旅の途中でなくしてしまい……。新たに購入しようとこちらに立ち寄ったのですが、そのような服はありますか？」

エドワードの言葉に店主は目を瞠《みは》り、次いで申し訳なさそうな顔になった。

「……それは……ご来店いただきありがとうございます。そういうことでしたら、ぜひともお買い上げいただきたいところなのですが……。申し訳ありません。そういった服は、まったくと言っていいほど需要《じゅよう》がないもので、今すぐはご用意できないのです。お時間をいただければデザインを取り寄せて、オーダーメイドで作ることは可能ですが……」

店主が頭を下げて謝ると、エドワードはため息をついた。

予測はしてなかったといえば嘘になる。

貴族らしい服が手に入らないのは困ったことだが、逆に考えればメイヤーは貴族を知らないだろう。

金をかけた服を着れば誤魔化《ごまか》せるかもな、とエドワードが考え、「一番高い服をくれ」と言おうとしたら、いつの間にかジーナがそばに寄ってきていた。

「それならば、この服とこの服とこの服。これらと、これらに使った布、そして工房を貸してください」

ジーナが急にキッパリと言いきった。

唖然《あぜん》とする店主とエドワードに、ジーナは胸を叩いてみせる。

「シルヴィア様の侍女たる者、私服くらい仕立てられて当たり前ですから！　今回は時間がないので、これらの服をリメイクしてふさわしい衣装に仕立て直します！」

＊

工房に行くと、ジーナはテキパキと指示をする。

「この服をエドワードさんが着用する騎士服にリメイクしますが、確実に手と足の長さが足りません。裾出しくらいはできますよね？　シルヴィア様は今回ドレスではなく動きやすさと威厳《いげん》を出すためにキュロットパンツにしましょう。私は侍女服ですが、公爵家の正規のではなく、あくまでもシルヴィア様の侍女、ということでアレンジさせていただきます」

呆気にとられていたエドワードが、そっとジーナに話しかけてきた。

「……なんで公爵家の衣装を知っているんだ？」

ジーナはエドワードを振り返り、溌剌《はつらつ》と笑いかけた。

「私、この間まで服飾店の下請《したう》けをやっている工房で働いていたんです。工房では公爵家の使用人の服はもちろん、公爵家の方々の領内での私服も、パターンから縫製《ほうせい》まですべてを手がけていました。ですので、時間があれば一から作ることも可能なんです」

エドワードは驚いたようで、ジーナをまじまじと見ている。

ジーナはそんなエドワードにいたずらっぽく笑いかけた。

「――これ、本当は秘密なんですけどね。有名な服飾店は、たいてい下請けをいくつも抱えています。そして服飾店自体では縫うどころかパターンを起こすことすらしていません。私が働いていたところは界隈《かいわい》でも実力のある工房として有名だったので、公爵家の服を全部任せてもらっていたんです」

そう言いながらジーナは当時を振り返った。

……たまーに、とんでもないデザインのパターンをやらされて、しかも納期が短いとかで、何日も徹夜したなぁ……しかも私だけ！

思い出して苦い表情をする。

親方はなんでも調子よく引き受けるが、やるのはジーナだ。

納期を延ばす交渉をしてほしいと頼んでも聞いてもらえず、無理だと言っているのに少しでも遅れると、

「能無し！　なぜ納期に間に合わせるようにできないんだ!?」

と罵倒された。

自分がいなくなったから親方と兄がやるんだろうけど、そのときに自分が味わった苦労を思い知ればいい！　……と、いまさらながら理不尽《りふじん》な仕打ちに憤《いきどお》り思い出し怒りをした。

「ジーナ？　どうした？」

と、エドワードに声をかけられハッとしたジーナは、軽く頭を振り過去にされた仕打ち

を頭から追い出し、

「採寸をお願いします」

と、指示を出した。

エドワードとシルヴィアは採寸され、ジーナはそれを基《もと》にパターンを起こしていく。

布を裁《た》ち、仮縫いを素早く行い、二人に試着してもらう。

エドワードとシルヴィアは、言われるがままに行動し、あとはジーナをボーッと見つめるだけだ。

ジーナの手腕に舌を巻いた店主は、感激したようにジーナに話しかけた。

「素晴らしい！　そうですか、こういうデザインを貴族の方やそこで働く方々が着用されるのですね……」

「はい。ポイントはここです。貴族の方は、上質な生地は当たり前、あとは普通のデザインでも少しだけ形を変えたりして遊び心を加えます。メイド服は、質素ながら優美で、かつ見えないように隠しポケットをたくさんつけるのがポイントですね！　騎士服は、動きやすさを重視しつつも野暮《やぼ》ったくならないよう、モデルがいるならば試着を繰り返しつつできるかぎり細かく調整していきます」

ジーナは店主と盛り上がりながら怒濤《どとう》のごとくリメイクを進めていった。――結果、ありえないスピードで服が出来上がった。

エドワードは完成した騎士服を試着し、呆然とつぶやいた。

「……見覚えのある騎士服が……」

「エドワードさんに見覚えがあるのは当たり前でしょうが」

ジーナが即ツッコむ。

ジーナの侍女服も、それっぽい仕上がりだ。

「ジーナもいい雰囲気だよ。どこから見ても侍女……」

エドワードが言いかけて止まった。

服飾店の女性に着付けてもらったシルヴィアが出てきたのだ。

ドレスではなくキュロットパンツにしたため、いかにも幼いながらも城主に任命された幼女、という雰囲気になった。

「シルヴィア様！　とてもよくお似合いです！」

ジーナが小さく拍手する。

そして、固まっているエドワードに、こっそりと耳打ちした。

「見た目九割、確保できましたか？」

我に返ったエドワードが苦笑しながらうなずいたので、ジーナは胸を反らせた。

帰りがけ、エドワードが店内にひっそりと飾られていたステッキを見て言った。

「シルヴィア様。このステッキ、いつも持っていたあの棒き……エヘン、杖に似ていませんかね？」

エドワードがステッキを手に取り、はい、とシルヴィアに手渡してきた。

シルヴィアは、あ、このステッキ変な感じ、と思いながら受け取った。

ステッキに今まで使っていた誰かの魔力が居座っていて、シルヴィアの魔力を通さず、ウンともスンとも言わない。

しょうがないので、ステッキから魔力を追い出すためにトントン、と床を叩く。……傍《はた》目《め》には、ボーッと受け取ったシルヴィアがいきなりステッキで床をトントン叩き始めたようにしか見えない。

だが、店主はそれをシルヴィアがステッキを気に入った証《あかし》だと受け取った。

「おぉ、お目が高いですな。それは、魔術師用のステッキです。注文を受けて取り寄せたのですが、とある理由でキャンセルされましてな……。気に入ったのでしたら、お近づきの印と言ってはなんですがプレゼントいたします。品質は保証しますぞ！」

シルヴィアは無言でトントンと床を叩き続けている。

シルヴィアとしては、『私が使うから、でていきなさい』とステッキに居座る魔力に言い聞かせて追い出しているのだが、全員が『何してるんだろうこの子』という目で見ていた。

……だが、次第にキラキラしたものが地面から湧き上がってきたのを見て、

「「「え？」」」

と、驚く。

シルヴィアは、『出ろ〜。出ていけ〜』と念じながらステッキで床を叩き続け、キラキラはどんどん湧き上がる。キラキラした魔力は金粉を蒔《ま》いたかのように店中を漂い、しばらくして消えた。

そして、

シルヴィアは、ステッキに魔力を注いで自分のものとして登録する。

「もらいます」

何事も起きなかったかのように平坦《へいたん》な声で言った。

「ぜひともウチで働いてほしい！」

と、ジーナに熱いラブコールを送る店主をなだめつつ三人は店をあとにした。

皆、しばらく黙って歩いていたが、ポツリとジーナが尋ねた。

「……それにしても……。あのキラキラは何だったんですか？　魔術師用のステッキを使うとああなるんですか？」

エドワードは首を横に振る。

「俺も魔術師専用の道具を使ったことがないからな……。魔術騎士団は使っているが、ステッキじゃなかった」

二人とも知らないのか、とシルヴィアはちょっとビックリしつつ答える。

「あのキラキラは、前つかってたひとの魔力です」

唐突に言いだしたシルヴィアを、二人が凝視した。

なぜだろうと思いながらも、シルヴィアは続ける。

「私がつかうことになったので、でていきました」

「「…………」」

二人は、サッパリわからないという顔をしていた。

「……もともと誰かが使っていたものだ、というのはわかりました」

ジーナがなんとか答える。

「シルヴィア様が使うことになったから起きたのであって、普通は起きないんじゃないか……？」

と、エドワードがつぶやいたが、急に割り切ったように明るい口調で続けた。

「ま、いいか。何はともあれ、見た目九割を突破するような服を手に入れた。明日、抜き打ちでメイヤーに会いに行くから、これ以上難しいことは考えず今日は英気を養おう」

「はい！」

ジーナは張り切って返事をした。

シルヴィアは返事をしなかったが、よし、がんばるぞと密《ひそ》かに気合いを入れた。

明日がんばって、エドワードに見直してもらうのだ！


翌日。

三人は身だしなみを整え、メイヤーの屋敷に向かった。

エドワードの聞き込みによると、メイヤーは世襲《せしゅう》制で、役所イコールメイヤーの屋敷ということだ。さらに職の斡旋所《あっせんじょ》も兼ねているらしい。

エドワードが門の前に立つ門番に、

「こちらは、ヒューズ公爵家の令嬢、シルヴィア・ヒューズ様です。このたび、公爵家当主から丘の上にある城塞の城主に任命され、赴任されました。つきましては、この城下町の管理をしているメイヤーに、現状の話と今後の話を行うための場を設けるように——」

と、伝えてもらえますか」

と、用件を告げると門番は驚き、飛んでいった。

「さて、どのくらい待たされるかな」

と、エドワードが言うので、シルヴィアとジーナは首をかしげる。

「待つですか？」

エドワードは笑って、

「わかりません。待たされなかったら……」

と言いかけたところで、門番が戻ってきた。

「よ、ようこそいらっしゃいでした！　メイヤーがお会いするってことでございます！」

いろいろ間違っている敬語で門番が敬礼した。

「ありがとうございます。案内をお願いします」

エドワードが門番に礼を言った。

待たされなかったら、なんだろう？　と、シルヴィアは思ったけれど、エドワードがご機嫌斜めになっていないので、きっといいことなんだろうな、と思うことにした。

――と、メイヤーらしき初老の男性がやってきた。

「お待ちしておりました！」

開口一番、感激したように言われ、三人が（何を？）と一致して考えた。

でも、誰も何も言わず、全員が黙ってうなずいた。

エドワードがメイヤーと挨拶を交わした後、シルヴィアを紹介した。

「我が主君であり、この度公爵家当主より城塞の城主に任命されました、シルヴィア・ヒューズ様です。――長年手つかずだった城塞の管理をシルヴィア様がされることになりましたので、今後はこの城塞都市もシルヴィア様の管轄《かんかつ》になります。つきましては、メイヤーの協力の下、現在の状況の把握をしたいと思いまして本日は訪問しました」

シルヴィアは軽くうなずく。

——前もってエドワードに、

「シルヴィア様は、しゃべらないようにしてください。偉そうに見えるコツは、黙ってうなずくか、黙って首を横に振るかです。交渉は私が行いますので、できるだけ背筋を伸ばし、顎を引き、軽くうなずく、嫌なら首を横に振る、それだけを心がけてください」

と繰り返し説教されていたからだ。

違うことをするとエドワードが怖いので、シルヴィアは黙っていうことを聞く。

……本当は、エドワードに「すごい」って褒めてもらいたかったので話したかったのだけれど。

＊

メイヤーはソファを勧めると、ホッとしたような声で話し出した。

「いやぁ、本当に助かりました。いえ、ここの成り立ちを考えると仕方がないとは思いますが、それでも私たちは暮らしていますし、本当に離島のような状態で、このままですと隣国に助けを求めなくてはいけないかもと考えておりました。いやはや、忘れ去られていたわけではないようで、安心しました」

初《しょ》っぱなから不穏なワードをぶちかますメイヤーに、エドワードは内心冷や汗をかき始めた。

ジーナもすました顔で控えているが、心にはハテナがたくさん浮かんでいる。

……メイヤーの屋敷は、この町では大きいほうだが特に絢爛《けんらん》といったことはなく、その大きさも他の栄えている町と比べればさほどでもなかった。

むしろ、平均で言うと質素の部類に入るだろう。

使い込みを疑っていたエドワードは、疑いは晴れたがその代わり嫌な予感がしてきたと思った。

エドワードは覚悟を決めて、メイヤーに軽く頭を下げ事情を尋ねる。

「……大変申し訳ありません。実は、シルヴィア様も私も、侍女のジーナも、詳細を聞かされていないのです。公爵家当主から『城塞の城主に任命する』との辞令を受け取りましたが、それ以外の具体的な指示はなかったため、特に問題はないと判断していたのですが……」

事実を絡めた嘘を並べ、反応をうかがうと、メイヤーは唖然としていた。

自失していたメイヤーが、ようやく事情をポツリポツリと語る。

「……歴代のメイヤー、もちろん私もですが、公爵家に嘆願《たんがん》の手紙を出しております。設備の老朽化《ろうきゅうか》……特に川を渡る橋が朽ちて流れて以降行き来が困難になり、ここは半ば孤島と化しているのです。大昔は徴税の役人が訪れていたということですが、毎回修繕《しゅうぜん》の必要性を訴えていたせいか、いつしか現れなくなったということでした」

予想外のメイヤーの話に、エドワードもジーナも絶句してしまった。

メイヤーはうつむき、さらに続ける。

「仕方なく、修繕できるところは歴代のメイヤー判断で修繕させていただきましたが……橋となると専門の建築技師が必要です。他にも周壁が朽ちて危険だったり、水路も壊れている箇所があったりと、大がかりな修繕を必要とする箇所がいくつもあるのです。毎年毎年それらを手紙に書いて送っていたのですが……いまだに、一度も返事がきたことがなく、ですが今回シルヴィア様がいらっしゃったので、てっきり私どもの嘆願をようやく聞き入れてくださったのかと思ったのですが……」

エドワードは天を仰ぎそうになるのを必死で抑えた。

金を納めさせようと思ったら、むしろ金が必要だと言われたようなものだ。

さてどうするか、とエドワードが考え始めたとき。

「――ここに住むひとたち、全員がそれをのぞんでいますか」

シルヴィアがメイヤーに尋ねた。

エドワードは慌てたが、シルヴィアはメイヤーをまっすぐ見つめている。

メイヤーはシルヴィアが話しだしたことにちょっと驚いたが、シルヴィアを見て力強くうなずいた。

「もちろんです」

「では、全員をあつめてください。みんなです。のぞむのなら、なおします。でも、それは、みんなが私を城主だとみとめたらです」

シルヴィアが、はっきりとメイヤーに伝えた。

エドワードは、シルヴィアが何をする気なのかわかった。

城塞都市の住民すべてを支配し、そこから得る魔力で直す気だ。

……だが、そんなことをして大丈夫なのか？

「……シルヴィア様。危険では？」

そっとエドワードが尋ねると、シルヴィアがエドワードを見た。

「私は、城主になりました。なら、ジーナとエドワードだけにみとめられているだけじゃだめだとおもいました」

「その志は立派なのですが……」

シルヴィアの魔術は未知の魔術だ。

しかも、シルヴィア自身、幼い。

幼子がそのような大規模な魔術を使って大丈夫なのか？　とエドワードは危惧《きぐ》する。

ジーナにおいてはポーカーフェイスが完全に崩れてハラハラしながら見守っている。

二人とも、シルヴィアが倒れたのを目の当たりにしている。やらせたくない、と思っているが、シルヴィアは決めたようだ。

「あつめてください」

再度メイヤーを促し、メイヤーはうなずいた。

「わかりました。五日後、全員を広場に集めます」

それを聞いたエドワードは、とうとう天を仰いでしまった。


シルヴィアたちが引き上げると、メイヤーは職員たちを呼び、

「今から全住民に通達を行う。これは、絶対に守ってもらわねばならないことなので、各自住民へ触れ回ってくれ」

と命令した。

職員たちは仰天したが、先ほど現れたのは公爵令嬢だ。話し合いの末、何かがあったんだろうと察した。

そして、メイヤーから話を聞き、納得してすぐさま住民全員へ知らせに走る。

『公爵家がようやく城主を送ってくれた。

城主はこの都市の修繕を約束してくれたが、そのためには一度、住民全員との顔合わせが必要となる。

五日後、城塞前広場へ、何があろうとも絶対に集まるように。

家族の代表や代理が参加するのではない、年齢に関係なく全員が出席すること。

参加しない場合は修繕は行われない事態になるかもしれないので、心するように』

……と、最後に脅《おど》し文句もそっと添えた。

急な上、異例の召集に眉をひそめる住民もいたが、『自分が行かなかったことで約束が反故《ほご》にされ修繕が行われなかった』ということになったら、全員から非難を浴びることになる。

何せ、この都市には逃げ場などないのだ。

『爪《つま》はじきにされる』ということは『死』と同義。キッチリと全員が集まった。

住民がしばらく待っていると、メイヤーに付き添われたシルヴィアが現れた。遅れてエドワード、ジーナがシルヴィアの後ろに控える。

シルヴィアを見た住民は唖然とし、「あんな小さい子が城主……？」とヒソヒソ話すが、メイヤーが大きく咳払いをすると話すのをやめた。

メイヤーは住民を見渡しうなずいた後にシルヴィアを紹介した。

「よく聞け皆の者！　こちらが公爵家令嬢であり、この度この城塞と城下町の主となられたシルヴィア・ヒューズ様であられる！　シルヴィア様から、住民全員にお話があるそうだ！」

一斉《いっせい》に皆がシルヴィアを見た。

ジーナもエドワードも。

ジーナは内心のハラハラした気持ちを隠さず心配そうに見つめ、エドワードはポーカーフェイスであったが、つい周囲の観察ではなくシルヴィアを見てしまっていた。

シルヴィアの、なんの表情も浮かんでいない空っぽの瞳を見た住民は、内心動揺する。

あれが、子どものする目なのか、と。

シルヴィアは無表情にステッキを掲げた。

『私がこの城塞のもちぬしで、私がこの都市の、みなのあるじです――【支配《ドミナント》】！』

シルヴィアがステッキで思いきり地面を突いた。

無音だが、確かにその音は静かに響き渡り、広場を超え、都市全体にさざ波のように広がった。

一瞬、グラッとシルヴィアが揺らめいたのでジーナとエドワードは瞬時に駆けよったが、ステッキを支えにしてシルヴィアは立ち直り、ジーナとエドワードを制した。

――そして。

ワァッと歓声が上がった。

その歓声は、好意的に受け入れられた証拠だ。

「みなさんにうけいれてもらえたので、修繕できます。ありがとう」

歓声よりもずいぶんと小さい声でシルヴィアが言ったが、住民全員に届いていた。

——それは、魔術が成功した証しだった。

今までとは打って変わって血色が良くなり、溌剌としたシルヴィアを見たエドワードは、「慢性的《まんせいてき》に魔力が足りていなかったんだな」と察した。

けだるそうだったのは、実際けだるかったのだろう。

正直、領主としての魔術は現在の公爵家当主よりも上なんじゃなかろうか、それどころか魔術騎士団の指揮官としても『離れていても伝達できる魔術』は非常に優秀だろう、とエドワードは考えた。

だからこそ。

いつかシルヴィアの優秀さに気づいた両親に抹殺《まっさつ》されないよう、これからこの城塞都市を発展させて、難攻不落《なんこうふらく》にしなくてはいけない。

「……ヤバいな。血がたぎる」

エドワードはニヤけそうになる自分を抑えた。

自分がこんな性格だったとは。

……だが、シルヴィアを主と崇《あが》め、その右腕として彼女が手中に収めた都市を強化し彼女の敵を排除していくと考えたら、今まで感じたことがないほどに心が昂《たか》ぶるのだ。

「シルヴィア様」

エドワードは声をかけるとシルヴィアの前に片膝をついた。

「私は貴方の盾となり剣となる者です。これからこの、貴方の都市を発展させていく手助けを、私は全力で行ってまいります。――ですので、何があろうとも一生おそばに仕えさせていただけますか？」

恭しく尋ねた。

……シルヴィアは、エドワードの言葉に驚き、目をパチクリさせた後、尋ねた。

「ずっと私のそばにいるですか？」

「はい」

「ずっとですよ？」

「はい」

「ずっとずっとですよ？」

「はい」

何度念を押して尋ねても、エドワードはハッキリと肯定《こうてい》した。

じゃあ、ずっとそばにいてもらおう。

ずっと。エドワードが離れようとしても、離れられないようにしてしまおう。

シルヴィアはそう考えて、エドワードに手を差し出した。

エドワードがその手を取ったとき、シルヴィアは詠唱した。

『エドワードと私の約束を有効にせよ――【契約《コントラクト》】』

それは、呪縛《じゆばく》だ。

絶対に離れられない魔術。

契約は、生活に必須。約束事は、必ず守られなくてはならない。

これは、そう思い込ませる魔術だ。

だからもう、エドワードは一生、私から離れられない。


エドワードは、そうくるか、と思ったが素直に受け入れた。

契約した。罰則は特にないが、魔術で縛ったのだ。

それはエドワードだけではなく、シルヴィアも縛る。

第三王子のときのようにエドワードが冤罪で陥れられようが、逆にシルヴィアが冤罪で陥れられようが、互いにもう離れることはできないのだ。

エドワードはそう悟った。

――と、エドワードの横に膨《ふく》れっ面のジーナが座った。

「エドワードさん、ぬけがけはズルイですよ！　……シルヴィア様。私も、ずっとおそばにおります。一生シルヴィア様にお仕えいたしますからね？」

そう言ったジーナを、エドワードは驚いて見つめる。

「……え。大丈夫なのか？　俺はいろいろあって結婚とか考えてないんだけど、ジーナはまだ若い……というか少女じゃないか。将来――」

「結婚はするかもしれませんが、それとこれとは別の話です！　たとえ結婚してもおそばを離れるつもりはありません！」

エドワードは呆れる。別の話ではない、むしろ一緒の話だろう。

「旦那《だんな》が『別の土地に行く』っつったらどうすんだよ？　困るだろ？」

エドワードがツッコむと、ジーナは何を当然なことを訊《き》くんだ、という顔をした。

「そんなの、旦那様が妥協《だきょう》するに決まってるじゃないですか。私は城主に仕えているんですよ？　どこの誰と結婚しようが、私の仕事が何より優先されるのは当たり前でしょう？」

キッパリと言い切ったジーナ。エドワードは不覚にも「カッコいい」と思ってしまった。

……確かに、まだ相手もいない段階で考えることではないし、契約してしまったら相手が妥協するほかないだろう、とエドワードは思い直した。

するとシルヴィアは、ジーナには念押しの確認すらせずに手を取り、詠唱する。

「あれ？　俺のときはあんなに念押ししたのに」

エドワードが思わず不満げにつぶやくと、ジーナとシルヴィアはキョトンとし、顔を見合わせて笑った。

閑話《かんわ》

一方その頃、シルヴィアのいたヒューズ公爵家では、ちょっとしたトラブルが発生していた。

一つ一つは取るに足らない小さな出来事だ。

妙に部屋の汚れが目立つ。

庭を見たら、雑草が生い茂っている。

領主であるマティルデ・ヒューズ公爵夫人は、イライラと廊下を歩いていた。

そして、そばにいた侍女に怒鳴りつける。

「貴様ら、なぜ掃除をちゃんとやらない!?」

いきなりそう言われた侍女は驚いて目を瞠る。

「ついこの間まで、ちゃんとやっていただろう！　手抜きをするな！　これ以上汚れが目立つようになったら、入れ替えも検討するからな！」

「も、申し訳ございません……」

侍女は頭を下げる。

だが、侍女は不満でいっぱいだった。

掃除は自分の担当じゃない。

なのに、なぜ怒鳴られるのか。

とりあえず謝っておいたが、腹が立ってしかたがなかった。

マティルデ・ヒューズ公爵夫人はさらに庭に出ると、怒鳴る。

「庭師を呼べ！　今すぐ私の前に来いとな！」

……だが、誰も返事しない。

「おい！　いいかげんに――」

「奥さま。何事ですか」

先ほどの侍女がいいつけて、執事がやってきた。

マティルデ・ヒューズ公爵夫人は下品に舌打ちすると、執事に言った。

「庭師を呼べと言っているのだ！　……いったいこの庭のありさまはなんだ!?　見苦しいにもほどがある。今すぐ雑草を抜き、手入れしろ！」

執事はマティルデ・ヒューズ公爵夫人を見据《みす》えると、静かに言った。

「庭師はおりません」

「………………は？」

マティルデ・ヒューズ公爵夫人は啞然とした。

「……いないワケがないだろう!?　現に、ついこの間まで手入れされていたではないか!?」

執事は動じず、マティルデ・ヒューズ公爵夫人に告げた。

「五年ほど前、庭師が仕事をしていないことを理由に奥さまが解雇しております。以降は、業者を雇って定期的に手入れする、とお決めになりました」

それを聞いたマティルデ・ヒューズ公爵夫人はばつが悪くなり、黙って目を逸らす。

「……では、今までどおり業者を呼べばいいだろう。なぜこのような状態になるまで放っておく」

そう言い返したら、執事が答えた。

「今まで、業者を呼んだことがないからでございます」

「は？」

マティルデ・ヒューズ公爵夫人は聞き直した。

「奥さまの指示なく、私が独断で事を運ぶことはございません。奥さまが業者の手配を命じないかぎり、私はそのようなことは行いません」

マティルデ・ヒューズ公爵夫人は、執事の顔を凝視した。

「……じゃあ、なぜ、今まで庭が維持されていた？」

「誰かが手入れしていたのでしょう」

執事は即答した。

「ならば、今後もソイツにやらせろ」

マティルデ・ヒューズ公爵夫人は事もなげに言ったが、執事は淡々と返す。

「手入れがされなくなったのは、その者がいなくなったからでしょう。ですので、それは不可能です」

マティルデ・ヒューズ公爵夫人はイライラするあまり息を吐いた。

彼女は、執事が苦手だ。何しろ先代についていた者で、幼少の頃は彼にたしなめられることが多かった。

今も、暗に自分の指示の甘さを指摘されている。

「呼び戻せ」

「それも不可能でございます。すでに旅立った後ですので」

マティルデ・ヒューズ公爵夫人はさじを投げた。

「わかった。業者を手配して整えろ。……たかが雑草むしりくらい、誰でもできるだろう」

「かしこまりました」

マティルデ・ヒューズ公爵夫人は執務室へ戻ろうとしたとき、ふと思いついた。

……もしかして、掃除もその者が行っていたのか？　いなくなったから掃除する者がいなくなったのか——。

と、考えた後、何をバカなことを、と自分の考えに笑ってしまう。
ハウスメイドまでクビにした覚えはない。
改めて、掃除を徹底《てってい》するように命令しようと決意した。
だが、これだけではなかった。
他にも困ったことが起きていたのだ。
マティルデ・ヒューズ公爵夫人は、まだそれに気がついていなかった。

八章――都市修繕

エドワードは、まずメイヤー《長》と交渉した。

シルヴィアが【支配】の魔術をかけたことにより、メイヤーが裏切る可能性は低い、と踏んだのだ。

嫌なことは命令してもしないらしいが、城主としてこの城塞都市を治めるために必要だ、と説かれれば、魔術の性質上やるだろう。

「役人が現れなくなって以降、税はきちんと徴収されていないと言っていたよな？　だが、シルヴィア様が城主となった以上、きっちり徴収させてもらう。特に、シルヴィア様は城主になり立てで物入りだ。過去、役人に徴収されなかった分を全部納めろとは言わないが、ある程度はすぐ回してもらう」

「もちろんです。ただちに住民全員に通告いたします」

メイヤーはしっかりとうなずいた。

エドワードはもう一つ、重要なことを付け足した。

「あと、これから町への定住希望者は、必ず全員をシルヴィア様に面会させるように。この地に住む者で、シルヴィア様を知らない、シルヴィア様が知らない者などいないように徹底する」

それを聞いたメイヤーは感激した。

「なんと、住民を把握してくださるとは素晴らしい……！　そのような主を持った私たちは果報者です！」

エドワードは内心、うん、表面的にはそうだけど、目的は違うんだよな、と考えたが、しれっとうなずいておいた。

資金を得たジーナは服飾店に行き、シルヴィアの服を何着も仕立てるように言った。外を知らなかったジーナは、服飾において、自分はそうとうの腕前であることがわかり張り切った。

記憶の中からデザインを掘り起こし、パターンを引いてあとは服飾店に任せる。

もちろん自分とエドワードの服も買い足すが、『シルヴィア様を着飾らせたい！』という熱望で、さまざまな衣装を作るように指示した。

＊

さっそく都市の修繕が始まった。

まず一番深刻でかつ一番切望されている橋の修理を行う、と、エドワードとメイヤーが決め、シルヴィアは、どこから始めても特に問題はないため、シルヴィアにお願いした。

「ん！　やるです」

と、気合いを入れてうなずく。

二人きりになったとき、シルヴィアはエドワードに諭された。

「シルヴィア様。魔術とスキルは伏せるようにお願いします。シルヴィア様の魔術は非常に特殊ですし稀少《きしよう》です。そして、城主として至上の魔術です。邪悪な者がどうつけ込み、どう利用してくるかわかりませんので、用心のため隠すようにしてください」

シルヴィアはまったくわかっていなかったが、真剣な表情のエドワードに合わせ、真面目くさった顔でうなずいた。

シルヴィアは、エドワードとメイヤーに連れられて建築予定の場所に行く。

「……多少、残骸《ざんがい》が見えるって程度かな」

エドワードが呆れた声でつぶやくと、メイヤーが苦笑した。

そこに『かつて橋がかかっていた』とわかる要素は、そこだけ周壁がない、くらいしかなかったからだ。

「周壁と詰め所は残っているので、そこに役人が待機し、依頼があれば船を出していますが……めったに渡る者はいません」

シルヴィアはジッと橋のあったであろう場所を見つめる。

足りないものは何かを魔術で探る。

だいたいわかった、と思ったので、シルヴィアは告げた。

「えっと、おっきな木と石、鉄が必要です。それをそこにおいてください」

唐突に言われた二人が驚いて、シルヴィアを見る。

メイヤーは、戸惑うようにうなずいた。

「え……ええ。それは必要でしょう。……えぇと、用意すればよろしいのですか？」

「たくさん用意してください！」

「かしこまりました！」

メイヤーが混乱しつつも頭を下げる。

シルヴィアは、とってもいいお仕事をした、と満足してうなずいた。


メイヤーから「用意ができた」との連絡が入ったのでいよいよ再建することになった。

シルヴィアはエドワードとメイヤーを引き連れて、かつて橋があった場所に立つ。

住民も集まってきて、遠巻きに見ていた。

エドワードがそちらをチラリと見て、そっとシルヴィアに尋ねた。

「……シルヴィア様。いかがですか？」

シルヴィアは、エドワードの問いにうなずく。

「だいじょぶです、いけます」

さらに川のそばへ近寄ると、しばらく考えた後、詠唱した。

『じゅうしゃをまもる道を再建せよ――【改修《リノベーション》】』

橋のあった部分を、ビシッとステッキで叩く。

そばにあった木材、鉄、石材が、吸い込まれるかのように橋に向かって飛んでいき、あたかもそこに存在していたかのように組み上がっていった。

そうして、見るまに橋が出来上がっていく。

「……おぉお!!」

野次馬たちがその光景を見て感嘆の声を上げた。

メイヤーは声もなく驚いている。

「すごいな……」

何度か見ているエドワードも感嘆する。住民に至っては、狂喜乱舞《きょうきらんぶ》といった感じだった。

実際、この魔術を目の当たりにしたらそうなるだろう。

ここの住民からしたら、シルヴィアの父である魔術騎士団長の代名詞、大規模火炎魔術などよりも、よほど素晴らしい。

シルヴィアに対してひざまずいて祈る者さえ出始めた。

シルヴィアは、フゥ、と息を吐くと、橋の訴えをメイヤーに伝えた。

「橋は、こわれたんじゃないです。こわされたんです」

「……え？」

メイヤーが啞然とした。

シルヴィアは続ける。

「こわされたので、今度はこわされないようにうごかせます。夜になったら橋をあげてください」

メイヤーは呆けて聞いていないようなので、シルヴィアはどうしようかと悩んでいたら、エドワードがトントン、とメイヤーの肩を軽く叩き、

「城主が、朝開門して橋を下ろし、夜は閉門して橋を上げるようにとおっしゃっています」

と、わかりやすく言って促してくれた。

メイヤーは慌ててうなずいた。

「わかりました。ここに詰める役人にそのことを徹底させましょう」

「かしこまりました！」

言わずとも役人は一緒に橋が出来上がるのを見ていたので、しっかりとうなずいて敬礼

した。

うむ、と、シルヴィアはうなずいた。

今日も、いい仕事をしたようだ！

シルヴィアは満足げに鼻を鳴らした。


住民たちが面白がって橋を渡り向こう側へ行ったらしい。

途中に隣国に入るための関所があるのだが、隣国の関所に詰めていた役人は、ゾロゾロと人が歩いてきたので腰を抜かすほど驚いたそうだ。それくらい、人通りが絶えている道だった。

ちなみに、公爵領から隣国へ行くには隣国の関所、隣国から公爵領へ行くには公爵領の関所を通るのだが、公爵領の関所には誰もいないので素通りできるとのことだった。

「まぁ、一年間俺が勤めている間も一人として通った奴はいないからいいんだけどな……。ただ、向こうさんがサボってるのを目の当たりにすると、ちょっと腹立たしいよな」

と、言っていたと住民がメイヤーに話し、メイヤーがエドワード経由でシルヴィアと相談して、橋も開通したことなのでこちらから役人を派遣することになった。

詰め所の役人は、朝、開門したら二人のうち一人は関所に行って関所を開門、昼に交代して夕方帰るときに閉門し、橋を渡って合流して閉門する、とした。

*

次にシルヴィアが行ったのは水路の修繕だ。

水路は国全体で整備されているが、特に公爵領は整備が進んでいる。公共施設の行き届いた整備は、公爵領の自慢の一つだ。

シルヴィアたちの道中も、有料の公共トイレや飲用できる人工の小川、ポンプなどが道沿いのあちこちにあった。

それなのに、これだけ大規模な都市で整備がされていない。

とってもよくないことだと、シルヴィアは怒った。

城塞の近くにある貯水池へ赴き、水路の辺りをべしっとステッキで叩いて詠唱する。

『じゅうしゃにひつような水路に戻せ――【修復《リペア》】』

とたんに、サァアーという音が聴こえてきた。

おぉ、とメイヤーが喜んでいたが、シルヴィアはいまだプンスコ怒っている。

「――これは、アレです。おそうじをサボったからです」

シルヴィアがメイヤーに説教した。

「ちゃんとめんどうをみるです。月イチでかならずおそうじするです。ちょうしがわるくなくてもみるです！」

メッ！　とシルヴィアが言うと、メイヤーはうなだれた。

「……確かにおっしゃるとおりです。これからは水路の点検と清掃の職員を雇い、定期的に見回ります」

平身低頭《へいしんていとう》するメイヤーに、シルヴィアはようやく怒りを収めた。

エドワードは、メイヤーは謝っているが、本来はきっと公爵領から業者が派遣されるのが筋だろうと考えていた。

だが公爵家からしたら、ここは領地としても実質飛び地のようなもので、しかも同じ国ならまだしも、隣国を挟んでいるという最悪の立地の都市だ。うまみの少ないこの土地に金をかけたくなくて、嘆願を無視し続けているのではないか。

この城塞都市だけで営みが完結してしまうため、橋を落とされ孤立させられてもどうにかなっていたが、そうじゃなかったら今頃この半島は住む人がいなくなり廃墟都市となっていただろう。

「……いや、廃墟都市だと思っていたから、公爵家が故意にそうしたからこそシルヴィア様はここに送られたんだな」

と、エドワードは思いついた。

『橋は落とされた』とシルヴィアは言った。つまり、何代か前の公爵家当主がこの場所を廃墟都市にするべく行ったのだろう。

「過去に何があったのか探るかな……」

メイヤーは何か知っているだろう。この都市の生い立ちを。

エドワードは調査する一つとして心にメモしておいた。

＊

シルヴィアは、エドワードとメイヤーに連れられ町のあちこちを修繕していった。

日を追うごとに修繕が進み活性化されていくため、住民はシルヴィアに非常に好意的だ。

シルヴィアは、非常に満足している。

お仕事をすると、皆から感謝され褒めたたえられるからだ。

いばって町を歩いても、住民からにこやかに手を振られ、感謝の印にと、食料を渡す者や小物を渡す者などがいる。

最近では、まったく買い物をしなくなってしまったほどだ。

今日も元気にエドワードとメイヤー宅に向かって歩いていたら、エドワードが急に提案してきた。

「シルヴィア様。馬車を買いましょう」

「ばしゃ」

シルヴィアはキョトンとする。

なんで急に言い出したんだろう？　と、エドワードを見つめる。

エドワードは、わかってなさそうだな、とシルヴィアに解説した。

「差し入れが多すぎて手荷物が増え、徒歩移動が大変になってきました。それに、この都市は思ったよりも広大です。やることが多い今、移動で時間を取られているのはもったいなさすぎます。メイヤーに乗せてもらったでしょう？　あの馬がつながれたアレです、アレを城主の権力で用意してもらいましょう。メイヤーも住民もシルヴィア様に非常に好意的です。今なら『無料で馬車を用意しろ』と命令しても嫌な顔はしないでしょう」

シルヴィアはエドワードの言うことがよくわからなかったので、いつもの呪文を唱えた。

「エドワードはてんさいです」

そう言うと、だいたいエドワードが解決してくれるからだ。

案の定、そう言ったシルヴィアを見てエドワードは苦笑した。

馬車を買おうとしていたエドワードだったが、現在のところ建築系の工房はどこも手一杯だった。

一気に都市再生計画が進んでいて、シルヴィアが手がけない部分や手がけた結果修繕が必要になったもの、それらの注文が相次いで悲鳴をあげている状態だったのだ。

「参った、しかたないから隣町に行って買ってくるか。けっこう栄えてたから工房もあるだろう」

「ん？」

そうつぶやいて頭をかくエドワードの裾を、シルヴィアが引っぱった。

「私がつくります」

「え？」

「私がつくります。材料はちょっとかいたすです」

エドワードはどうしようか悩んだが、橋や水路を作るよりは楽だろうし、そもそもが城塞の改築もシルヴィアが行っている。都市全体が活性化してきているせいもあってか、魔力にかなり余裕があるので頻繁に魔術を使っても、もう倒れるようなことはなかった。

ただ一つ問題なのは。

「シルヴィア様。馬車ってどのようなものかわかってます？　いや、メイヤーの所有している馬車に乗ったので知っているでしょうが、仮にも城主で公爵家の馬車なので、もっと大きくて立派なのが必要なのですよ」

あまり大きいと馬が引っぱれないだろうが、ある程度の絢爛さは大切だ。

エドワードが困っていると、シルヴィアは胸を叩いた。

「私はいだいです。だから、よゆーです」

シルヴィアを見たエドワードは、乗れればいいや移動手段がほしかっただけだし、と諦めた。

シルヴィアの乞うがままに材料を注文し、届いたそれらを厩舎の近くにあった納屋に運んだ。

エドワードは、そのとき納屋を覗いて失敗した、と思った。

「……なるほど。ここにあったんだな」

納屋は厩舎とともに魔術で修繕されていたが、中を覗いていなかったのだ。

ここに、馬車や荷車、他にも鞍《くら》や手綱《たづな》もあった。

ただ、エドワードが知る馬車よりも質素なので、どのみちいつかは貴族用の馬車を買わないといけない。

そして現在、シルヴィアが、やたらめったら張り切っている。

フンスフンスと鼻息高らかに、旅を共にした荷車を持ってきていた。

「シルヴィア様。水を差すようですが、馬車はありました。納屋に入っていて、急場はこれでしのげます」

エドワードが言ったが聞いてくれない。

『あるじにふさわしい馬車となれ――【改築《リノベーション》】！』

シルヴィアが荷車をステッキで叩く。

……荷車が馬車って、もはや改造では、とエドワードはなげやりにツッコみつつ、荷車を見守った。

材料を呑み込み出来上がったのは――エドワードも舌を巻くほど絢爛な馬車だった。

シルヴィアは、満足げに馬車を撫でつつ言った。

「ずっと一緒にいたので、これからも一緒にいるです」

「…………。そういえば、そうでしたね」

エドワードは、そうか、こういう人だったなと思い微笑んだ。

今でも旅を共にした家畜に愛情を注ぎ、必ず自ら餌をやり声をかける。

エドワードとジーナに関しても、一緒にいることを受け入れた。

手に入れたものを慈《いつく》しみ大切にする人だ、そう信じたからこそ仕えている。

――あの人のように、簡単に嘘を信じて捨てる人ではない。

納屋にあった馬車と荷車は、使用人用として使うことにしたが、鞍や手綱は町で買い求めたものよりも上質だったので、こちらを使うことにした。

特に馬具はけっこうな数があった。以前、城主が在任していた当時はそれなりの兵士が駐屯《ちゅうとん》していたのだろう。

自給自足ができるほどの駐屯地……恐らく当時は隣国と戦争していたんじゃないかとエドワードは考える。

だが現在、隣国とは和平協定を結んでいて我が国の友好国の一つだ。

さらには、かつて戦争をしていたという歴史を聞いたことがない。恐らく、小規模な争いか隠さなければならない歴史だったか……。

簡単には判明しないだろう。

その歴史が知られてはいけないとしたら、橋が落とされた理由はまさにそれだからだ。

＊

現在のエドワードは、護衛騎士というよりも側近《そっきん》としてあちこちに指示を出している。

ジーナも現在侍女ではなく執事のような行動をしており、城塞の内部を把握し、修繕すべきところと後回しにするところを洗い出し、必要な日用品や使用人を増やすために役所で打ち合わせをしたりしている。

ジーナは『シルヴィアに一生仕える』と決めたことで、いろいろ吹っ切れシルヴィアを支えるべく精力的に活動し始めた。

まずは衣食住……の食だけは苦手なので、そちらはエドワードに任せるが、衣装と住居は整えよう、と、前回衣装を注文し、そしていよいよ住に乗り出した。

器用に城塞の見取り図を描き、エドワードと今後どうするかの方針を決め、手をつけるべきところとつけないところとに分け、メイヤーに城塞で働く下働きと料理人の募集をかけてもらった。

その他にも、作業の合間にエドワードからいろいろと手ほどきを受けている。『器用敏捷』のスキル持ちのジーナは既に、護身術と乗馬の合格点をもらっていた。

馬車に乗れなかったのに、今では乗馬服を着て馬に跨《また》がり町へ駆けている。工房で働いていた頃のジーナからしたら、自分の変わりようが信じられないだろう。


ある程度のことが一段落し、エドワードとジーナとシルヴィアはこれからのことを話し合うことにした。正確には、エドワードが提案した。

「こっちは落ち着いたけど、ジーナはどうだ？　一人きりでやらせてしまって申し訳なかったが、これからは手伝えるよ」

ジーナはシルヴィアの世話をしながら答える。

「そうですね、城塞の修繕に関しては最低限進んでいます。全体の割合からすると二割でしょうか。ですが、使用しないと思われる箇所が半分くらいあるので、それを考えると半分弱ですね」

「使用しない箇所って？」

「たとえば教会です。町に立派なのがありますし、修繕して神官を呼び込むほど必要に迫られることがあるのかな？　って」

「確かに要らないな」

エドワードもジーナも信心深くなかった。シルヴィアに至っては、教会に行ったのはスキルと魔術判定のときの一回限りだ。

「他にも鍵のかかった部屋、工房らしき施設がいくつかあるのですが、現在は使う人がいないので後回し……というよりも、そういった人を呼び込むことがあれば修繕すればいいかなと考えています」

ジーナの言葉にエドワードはうなずいた。

ちなみにシルヴィアは聞いてない。果物を食べて手と口をびちゃびちゃにし、ジーナに濡《ぬ》れ布巾《ふきん》で拭われている。

「使用人の雇用ですが、斡旋所と妥当《だとう》な給与を相談して求人を出しています。けっこう集まっているので……シルヴィア様、そのうち面談をお願いしますね？」

「ん」

拭いたそばからまた果物を食べ、べしょべしょにしながらシルヴィアはうなずいた。

「特に料理人は急募です！　いつまでも騎士であるエドワードさんに作っていただくわけにもまいりませんし、これから人が増えたら大変ですし！　最優先で募集をかけてもらっています」

ジーナが熱く語り、エドワードは苦笑した。

エドワードは別に作るのを苦にしているわけではないしうまいうまいと食べてくれるのなら作っても良いのだが、確かに多忙のときに今日の夕飯と明日の朝食の献立を考えるのは億劫《おっくう》なときがあるので、料理人を雇用してもらえるのなら助かる。

そこまで話したジーナがため息をついた。

「……問題は家令《かれい》です。斡旋所で『必要だ』と諭されましたが……経験者が見つかりません。私が仮としてやっていますが、若すぎるので使用人によっては問題が起きるかもしれないと言われました」

ジーナの言葉にエドワードも詰まる。

家令は世襲制とまではいかないが、見込みのある者が経験を積み年齢を重ねてからなる。その家の司令塔だ。

少女が城塞の家令……となるにはかなり無理があるだろう。

ぶっちゃけ、誰も城塞を詳しく知らないしエドワードとジーナだって新参者なので誰でもいいと言えばいいのだが、信頼のおけない者を家令にするのは言語道断《ごんごどうだん》だ。

「……うーん。しばらくは保留にしよう。メイヤーにいい人がいないか相談してみるよ」

エドワードもそれ以上のことは言えなかった。


使用人の面談を行い、採用する者もあらかた決まった。

料理人に関しては、実際に調理をしてもらい、エドワードが料理の見栄《みば》え、シルヴィアが味を判定し、決めた。元は町一番の料理屋をやっていた親娘《おやこ》だったが、息子夫婦に店を譲ったら行き場をなくして隣国に移り住む予定だったらしい。メイヤーに、「タイミングが良かった」と言われた。

全員住み込みだが、使用人の宿舎はすでにシルヴィアによって改築されているのでその問題はなかった。

問題は、ジーナが新たに雇った使用人たちにつきっきりになってしまったことだった。

全員が慣れない中で東奔西走《とうほんせいそう》するジーナを見て、シルヴィアとエドワードは家令の必要性を痛感した。

とはいえ、そう簡単に見つからない。

「私を含めて、慣れれば落ち着きます。今、大変なだけです」

ジーナは心配する二人をなだめるように笑顔で言った。

実際のところは虚勢だ。本音はそうとう大変だった。だが、二人に心配をかけたくない一心で頑張っている。

それともう一つ、『役立たず』と見放されないためのジーナの見栄でもあった。

住民全員から一気に尊敬の念を集めた魔術の遣い手であり、かつ公爵令嬢でもあるシルヴィアの侍女として一生仕える、と、そう決めた。

だが、同じく一生仕えると誓ったエドワードは、元貴族で剣術はもちろんのこと話術も得意で、お偉方との交渉もスマートにこなし、料理も得意。つまりはなんでもそつなくこなす万能タイプなのだ。

縫い物しか取り柄のない自分が二人についていくには相応の価値を出さなければならないが、自分はあまりに無能だ、ジーナはそう思っていた。

——実際のところ、ジーナは卑下《ひげ》するほど無能ではなく、むしろ侍女としても家令としても及第点《きゅうだいてん》だった。器用敏捷スキルは伊達《だて》ではなく、エドワードが経験と努力を重ねて覚えたものをすんなりとこなしていっているし、工房で指示していた経験から、指示も的確で現場の混乱を最小限に抑えている。

足りないのは年齢と経験だけだ。

だが、その年齢と経験が現在大きな壁となってジーナに立ちはだかっている。

＊

シルヴィアがオロオロとしつつ、どうしたらいいかをエドワードに相談しようと考えていたとき、来訪者があった。

「はじめまして。城主様におかれましては、大変ご活躍のことと伺《うかが》っております」

柔和《にゅうわ》な声で挨拶しエントランスの扉の前に立っているのは、ベールをかぶった神官だ。

使用人が応対し、ジーナ経由でエドワードとシルヴィアが呼ばれた。

エドワードは、あからさまに眉をひそめている。

いつも人当たりのよいエドワードの、思いもかけない反応をいぶかしみつつ、ジーナは神官に用向きを尋ねる。

「神官様におかれましては、どのような用件でこちらにおいでいただいたのでしょうか」

神官はスルリとベールを取る。

「「……………！」」

その神官は、ジーナはもちろん男であるエドワードですら息を呑むほどの美貌《びぼう》だった。

ちなみにシルヴィアは美醜《びしゅう》がわからないため無反応だ。

艶然《えんぜん》、と表現できるような笑顔で神官が名乗る。

「私の名はカロージェロと申します。副神官長を務めておりまして、噂の城主様にぜひともご挨拶を申し上げたく、さらには何かお役に立てることがあれば、と考えましてお伺いいたしました」

呆けていたジーナが我に返ったのは、エドワードの冷然とした声でだった。

「そうですか。徒労に終わらせて申し訳ありませんが、神官様のお手を煩《わずら》わせるような用はございません。こちらも多忙の身ですので、お帰りいただけると非常に助かります」

ジーナはその物言いに絶句してエドワードを凝視し、シルヴィアは、どうしたんだろ、と思ってエドワードとカロージェロをキョトキョトと見比べている。

カロージェロはエドワードに視線を向けると、ニッコリ、と音が出るような笑顔で返した。

「貴方《あなた》に向けての言葉ではありませんよ、護衛騎士殿。私は、城主であるシルヴィア・ヒューズ様に向けてご挨拶したのです」

すっこんでろ、を丁寧な言葉で言われたエドワードは、カロージェロに負けないほどの蕩《とろ》けそうな笑顔を向けて言った。

「シルヴィア様にたかる、ろくでもない虫を追い払うのも、護衛騎士の役割ですから。どうぞ、お引き取りをお願いします」

ゴゴゴゴ……と音がしそうな雰囲気で、異なる種類の美形の二人が笑顔で舌戦を繰り広げた。

空気が読めるジーナは、即座に理解した。

あ、同族嫌悪だ、と。


……だがしかし、理解したとて状況をどうにかできるものではない。

お引き取りいただきたいのはジーナも同じだ。

うっかり廃教会を見つけられて、「神を祀《まつ》る建物なので大至急改築をお願いしたい」などと言われたらたまったものではない。

美貌の神官がここに来たのは、言葉通り「何か役に立てないか」を聞きに来たのでは絶対にない、という確信が持てる。

むしろその反対、教会への無心や改築の要請に来たに違いない。その貌《かお》で乞い願えば二つ返事で了承を得てきただろうし、その実績からここに派遣されたのだとジーナは冷静に考えた。

初対面の美形に惑うほど、ジーナは順風満帆《じゅんぷうまんぱん》な人生を歩んでいなかった。

だが、押し売りに来た神官を無下《むげ》に追い返せるほど人生経験を積んでもいない。

頼りのエドワードは喧嘩腰になっていて、穏便《おんびん》とはほど遠い。

(どうしたらいいの……?)

と、頭を抱えたくなったとき、シルヴィアが口を開いた。

シルヴィアは、問題を解決する方法が見つかった、と内心で喜び、無邪気に尋ねる。

「用はあります。てつだえるですか?」

エドワードとジーナが慌てている。

どうしたんだろうと考えていると、カロージェロが笑顔でシルヴィアに告げた。

「もちろん、私にできることでしたらなんなりと」

「「待っ……」」

エドワードとジーナが異口同音《いくどうおん》に発したとき。

シルヴィアが、目を輝かせてカロージェロに訴えた。

「お手伝いさんたちに命令するひとがいなくて、ジーナがたいへんなのです。だから、お手伝いさんたちに命令して、お仕事をじょうずにさせるようにしてほしいのです」

三人が、一斉にシルヴィアを見つめた。

ジーナは感激で胸がいっぱいだった。

「シルヴィア様……」

とつぶやき、祈るかのように胸元で両手を握りしめている。

カロージェロもシルヴィアの訴えは意外だったようで、呆然としてしまっていた。エドワードも意外だという顔をして見ていたが、すぐに面白そうにカロージェロを見た。

「確かに……現在足りてないのは家令ですね。神官は必要ありません。神の教えを説くのは教会でじゅうぶん。ここでは、使用人への指示を出す者が必要ですね」

あげつらうような口調でエドワードはシルヴィアに同意した。

カロージェロはエドワードの発言を聞いているのかいないのか、シルヴィアを見つめていた。

だが急に、軽くうなずいたと思ったらシルヴィアの前にひざまずいた。

「それが貴方の望みなら、そうしましょう」

女性のみならず男性さえも蕩けそうな恭《うやうや》しい顔でシルヴィアを見つめながら言った。

その返答に、エドワードが固まる。

「ちょっと待て。神官が家令をするのはおかしいだろ！」

止めに入ったがカロージェロは聞かず、シルヴィアの手を取り指先に口づける。

「わが君。神に仕えることは許していただきたい。それ以外は貴方の手となり足となりましょう」

シルヴィアは首をかしげた。

難しい言い回しで理解できなかったのだ。

シルヴィアがジーナを見上げ、ジーナも心得た、とばかりに解説しようとしたとき。

エドワードが思いっきりカロージェロの手を払いのけ、シルヴィアを背にかばったので、シルヴィアもジーナも唖然としてしまった。

続けてエドワードが叫ぶ。

「シルヴィア様！　このスケコマシにたぶらかされないようにしてください！　その手はすぐ洗いましょう、不潔です！」

シルヴィアは、何を言ってるんだろ？　と首をかしげつつ、それでも褒めてほしくてエドワードに言った。

「きたなくないです。それに、これでジーナが大変じゃなくなるです。とってもよかったです」

エドワードが、ぐっと詰まり、強く手を握りしめている。

……あれ？　どうして褒めてくれないんだろう？

シルヴィアは、ちょっと不安になってきた。

エドワードは、どんな手を使ってでも家令を用意すれば良かったと歯ぎしりしたくなるほど後悔した。

シルヴィアは、ジーナが大変そうなのを見て心を痛め、ちょうど「なんでもやります」と言ってきた人物が現れたので頼んだだけだ。

怪しげな神官になんでそんなことを頼んだんだと叱りたいが、シルヴィアはむしろ、問題を解決したので褒めてほしいと思っているだろう。

……そしてその通り、問題を解決した。

内心の葛藤《かっとう》で詰まりながらも、不安げに見上げているシルヴィアを賞賛した。

「さすが……シルヴィア様、です……。素晴らしい、采配《さいはい》……ですね」

「私はいだいです」

とたんにフンス、と胸を張ったので、エドワードは終わった、と思った。

これでもう、取り消しはできなくなったのだ。


カロージェロは、家令としての部屋を与えられたが「神に祈りたいので祭壇《さいだん》を入れてもよろしいでしょうか」と伺いを立てたところ、シルヴィアがそれならと教会を改築した。

『あるじとじゅうしゃにふさわしい教会にせよ――【改築《リノベーション》】』

改築された教会はこぢんまりとしているが、必要最低限はそろっている。

カロージェロは大げさに礼を言い、また指先に口づけしたのでエドワードが怒り狂った。

ジーナは呆れる。

エドワードはカロージェロが来てからというもの、シルヴィアのそばを離れず、彼が近づけば激しく威嚇《いかく》している。

それは、まるで何かを恐れているようだった。

城塞内の修繕が進んだのでエドワードは改築された隣室で休んでいたのだが、カロージェロが来て以来、「忍び込んできたら叩き斬《き》ってやる」と物騒《ぶっそう》なことを口にしながら同じ部屋のソファで寝るようになってしまったし、剣は片時も離さない。

夜、ジーナは思い切って尋ねてみた。

「エドワードさん、どうしたのですか？　何か不安があるのでしたら、頼りにならないかもしれませんが私とシルヴィア様にお話しください」

エドワードが驚いてジーナを見る。ついでにシルヴィアも驚いて、ジーナとエドワードを見比べた。

ジーナはシルヴィアの様子に内心苦笑しつつ、さらに言った。

「シルヴィア様はエドワードさんが常におそばにいらっしゃるのを喜んでいますが……それはそれ、エドワードさんご自身がつらそうです。話していただくだけでも不安が多少取りのぞけるかもしれません。……私自身、聞いていただきたいことがあります」

エドワードはジーナをまじまじと見つめ、ふっと力が抜けたように笑った。

「すまない、心配をかけたようだな。……そうか、様子がおかしかったか」

エドワードは頭をかくと、ジーナとシルヴィアにソファへ座るように促した。

「……ちょっと、警戒し過ぎてた。また、嵌められるんじゃないか、ってな」

また、という言葉をジーナは聞き逃さなかった。エドワードはそれがわかり、組んだ指を見つめながら自身の過去を語った。

「俺は元侯爵家の次男で、王家の近衛騎士団《ロイヤルガード》にいたんだ。第三王子の護衛騎士だった。……あの頃の俺は他人を顧みず、表面ばかりの賞賛で有頂天《うちょうてん》になっているようなバカだった。で、妬まれていることがわからず、親友だと思っていた男に陥れられたのさ」

ジーナは息を呑んだ。

そして、かつてエドワードが眼鏡をかけていたことを思い出した。

エドワードは、商人として相手を油断させたい、目つきが悪いのをごまかしたいと言っていたが、他にも理由があるのではなかろうか。

「……もしかして、以前エドワードさんが眼鏡をかけていたのは、変装のためですか？」

「それもある。大半は、優男のようにふるまって相手を油断させるためだけど」

エドワードはうなずいた。

「嵌められたことがあるから、あのうさんくさいエセ神官を警戒してるんだ。何を企んでいるのか、ってな。奴のあのツラなら、ジーナやシルヴィア様をたぶらかすのは簡単だろう。そこから警戒してる俺を嵌めて追い出し、食い潰す気かも、って考えてる」

うつむきながらここまで話し、エドワードが顔を上げたとき、見事なふくれっ面をした二人の顔が目に飛び込んできて目を丸くしてしまった。

「お、おい？　なんでそんなふくれっ面……」

「見くびらないでください！」

ジーナはビシッと指を突きつけた。

「私はシルヴィア様に一生を捧《ささ》げているんですよ!?　それなのに、たぶらかされるわけないじゃないですか！　そんな軽い気持ちでシルヴィア様に忠誠を誓ったわけじゃありません！」

ジーナが怒って言った言葉に、エドワードは衝撃を受けた。

それは、エドワードも同じ気持ちだからだ。

一度裏切られた。

もう信じられないと思った。

だけど、もう一度だけ信じてみようと思った。

それは、軽い気持ちじゃない。

だから、居場所を奪われたくないし、過剰《かじょう》に反応してしまったのだ。

エドワードがジーナに謝罪しようとしたとき、シルヴィアがエドワードに飛びついて、木にとまる虫のようにエドワードにしがみついた。

「エドワードは、契約したです！　だから、私といっしょ！　ずっといっしょってやくそくしました！」

「え？　あ、うん。そうだけど」

「第三王子のごえいきし、ダメです！　私のごえいきしです！　私をまもるんです！　はめられたのなら、いらないしてください！　私のごえいきしです！」

叫ぶシルヴィアをエドワードは無意識で撫でた。

そして、肩から力を抜いてため息をつく。

「もちろん、いらないしましたよ。二度と第三王子の護衛騎士になるなんて御免《ごめん》です。俺は、シルヴィア様の護衛騎士ですから」

ジーナはシルヴィアの様子を見て、合点がいったようだった。

「あぁ、シルヴィア様こそエドワードさんに不安を感じていたようですよ？　だから、念押しされたんじゃないですか。『本当にずっと一緒にいるのか？』って」

「え」

なんで？　って思いつつ、しがみつくシルヴィアを見下ろした。

不安にさせるような態度はしていなかったつもりだが、確かに虫のようにひっつきしがみついて離れないシルヴィアは、不安を感じていたとエドワードにわからせた。

「……えーと、シルヴィア様。俺、何か不安にさせせましたかね？　俺だってジーナと同じく、そんな軽い気持ちでシルヴィア様に忠誠を誓ったわけじゃないんですけど」

「………………」

シルヴィアは、自分の感情がうまく説明できなかった。

シルヴィアにとって、ジーナは安心するのだ。

いつも優しくて、離れても必ず戻ってきてくれて、今日あったことを話してくれる。今日あったことを聞いてくれる。

「ずっと一緒にいましょうね」と言って髪を撫でてくれる。

エドワードはいつも一緒にいるけど、いつも忙しくて、いつも他の人としゃべっている。

よくシルヴィアを怒る。

見放されないか心配で、いつか離れていってしまいそうな気がする。

契約したのは、不安だったから。そうじゃなければいなくなってしまいそうだったから。

シルヴィアだけの護衛騎士だったのに、元は王子様の護衛騎士だったと聞いて、王子に嫉妬《しっと》した。

そんなの許さない。エドワードはシルヴィアの護衛騎士だ。

そう考えていたら、エドワードが困った声でさらに言った。

「シルヴィア様。騎士の誓いはそう簡単に覆されません。第三王子は、私を捕まえ牢屋に放り込んで、縁も誓いもぶっつりと断ち切ってきました。……シルヴィア様がそんなことをなさらない限り、騎士の誓いは断ち切れませんよ」

「…………それでも、そうしても無理です。契約しました」

シルヴィアがぼそぼそと答えるとエドワードが笑う。

「じゃ、本当にどうやっても無理なのか。私も安心しました。シルヴィア様、私を生涯あなたの護衛騎士として仕えさせてください」

シルヴィアは、無言でうなずく。

だが、しがみつくのはやめなかった。

エドワードに、思い知らせないといけないのだ！


過去を語り、落ち着いたエドワードが今度はジーナに話を振った。

「俺も恥ずかしい話をしたんだ。ジーナも聞かせてくれるよな？」

「えっ」

ジーナは慌てた。

エドワードに比べたら自身の語りは大した話ではない。

確かに最初は聞いてほしいと思っていたが、今の話のあとではちょっと話しにくいと思った。

だが、エドワードはニコニコしつつ『お前も話せ』の圧をかけてきた。

ジーナは肩を落とすと、腹を決めて話し始めた。

「……始まりは、幼いころ両親と旅行に出たところからです。帰り道、事故に遭いました。

たくさんの人が死んで、生き残ったのは私だけでした。そのとき、現場近くの町の方々が救出作業をしてくれて、救出された私は、そこの服飾工房の親方家族のところでお世話になることになったんです」

ジーナは目をつぶる。

旅に出たのはせいぜい数ヶ月前だというのに、もう何年も昔の出来事のようだ。あまりにいろいろあって、そして今が充実しているせいだろう。

「……私たち家族は父の勤めていた役所の寮に住んでいましたから、その事故で私は両親も住む家もすべてを失ってしまいました。ですから、助け出してくれて、後始末をしてくれて、手を差し伸べてくれたその工房の親方夫妻に深く感謝していました。……最近までは」

ジーナが目を開くと、エドワードは真剣に耳を傾けているのが見えて、微笑んだ。

「わかってなかったんです。子どもだったから。……しばらくしてから、叔父が父の職場の方に事故の連絡を受けた、と言ってやってきました。叔父は、私を引き取ると言ってくれました。そして、私の扱いを見て親方夫妻に憤慨していました。私がうわべの優しさに騙されて、すべてを奪われ、こき使われていたのがわかったからです。そのときの私は子どもで、それがわからなくて、親方夫妻とともに叔父を追い返してしまいました」

ジーナは、この話を思い出すたび、叔父に対して申し訳ない気持ちでいっぱいになる。

　いつか叔父がここにやってくることがあったら、そのときは誠心誠意謝罪しようと心に決めた。

「曇った私の目が覚めたのは、親方の息子さんが婚約したときです。彼も親方夫妻も、私と彼の結婚を望んでいるような口ぶりだったのに、蓋《ふた》を開けてみれば彼はお金持ちのお嬢様と婚約しました。さらに、私には『結婚せずにこの家にずっといればいい』と――つまり、ずっと奴隷《どれい》奉仕しろということを言ってきました」

　ジーナは語尾《ごび》が震えだしたのに気がつくと、ゆっくりと深呼吸した。

「しかも、彼は婚約者の前で私を囲うような発言をするのです。――私は、そんなことを望んでいないのに。だから私は、彼の婚約者の手を借りて逃げ出しました。そして、今ここにいます」

　……親方夫妻は、ジーナに黙って、さもジーナの望みであるかのように周りに吹聴《ふいちょう》しながら両親の形見をすべて処分した。

「早くうちになじんでほしいから」

「下手に思い出の品なんてあったら思い出してしまうだろうから」

　処分後に弁解されて、必死に気に入られようとしていたジーナはうなずくしかなかった。売り払われたそれらがいくらしたのか、両親やジーナが貯めていた貯金はどうなったのか。

そんな疑問は全部蓋をしていた。

エドワードは思いもかけない話に絶句した。想像以上にハードモードな人生だったので、なんといっていいかわからない。

困っていると、ジーナがエドワードを見て笑った。

「いいんです。私、両親と事故に遭ってなかったらとは思うけど、今のこの環境にも満足しています」

両親と事故に遭わなかったら幸せだっただろうか？　――それはわからない。笑顔の裏の悪意はどこにでも潜んでいる。もしかしたら違う悪意が待ち受けていたのかもしれない。

だから、「たられば」であのときの不幸を嘆かない。

ジーナは努めて明るく言った。

「――と、まぁ、そんな感じです。エドワードさんと違って牢屋に入れられてはいないんですけど、監禁されかかったので逃げて、逃避行中にお二人に声をかけたんです。あれが私の人生の分岐点《ぶんきてん》でした！」

ジーナは握りこぶしを作った。

エドワードはどうしようか悩んだが、しがみついているシルヴィアを抱きかかえると立ち上がり、ジーナの横に座った。

「？　どうしたんですか？」

ジーナが戸惑うと、エドワードはポンポン、とジーナの頭を軽く撫でる。

「今までよく頑張った。大変だったろう。俺にはその苦労はわからないけど……。でも、俺たちは仲間だから、ジーナの努力が報われたらいいな、って願ってるよ。それと……。これからもよろしく。俺とジーナは確定でシルヴィア様に一生仕えるからな」

エドワードの優しい瞳を見ながら、ジーナは泣き出した。

ずっとつらかったのかもしれない。

でも、あのときはあの選択しか考えられなかった。

心配してくれた叔父についていく選択も、親の遺産を取り返して一人孤児院に行くか働きに出るかの選択も、あのときはできなかった。……だって、楽しかった旅行の終わりに両親がいきなり奪われたのだから。

ずっと続くはずの平穏からいきなり放り出されて、甘い言葉に騙されない子どもなんていない。

目が覚めただけ良かったんだ。

……そう考えたら、より心の重荷がとれた。

ひとしきりジーナは泣くと、顔を上げて無理やり笑った。

「どうしようもなかったんです、私も、エドワードさんも。悪意って隠れて潜んでいて、普通の人にはそう見抜けない。でも私たちは一度騙されたから、二度目はないでしょう。それに、お互いに騙された経験者ですから、お互いにカバーしあいましょう！」

　そう言ったジーナに、エドワードは笑顔を向けた。

「確かに。その通りだよ。俺も、あのときは無理だったな。かつての俺をさんざんバカにしてたけど……。そうだよな、普通は見抜けるわけがない。騙された俺たちがバカで悪いんじゃない、騙した奴らが悪辣《あくらつ》で卑怯者《ひきょうもの》ってだけだ。だから、もうそんな目に遭わないよう、互いに守ろうな」

　エドワードはそう言うと、キリッと顔を引き締めた。

「で、さっそくなんだけど。あのカロージェロって奴、うさんくさくないか？」

　その言葉でシルヴィアがエドワードにしがみつくのをやめてエドワードの顔をしげしげと見た。

　ジーナは逆にエドワードから視線を外して考え込む。

「……正直、ちょっとそう思います。ただ、それ以上に有能な方なので……」

　なぜ、神官が「家令をしろ」などという言葉にうなずいたのか。

　うさんくさいと思わないわけがない。

　だが、彼は有能でしかも人手不足だ。多少のうさんくささには目をつむろうとジーナは考えていた。

目をつむることができないのはエドワードだ。

自身の過去のトラウマとしても、シルヴィアの護衛騎士としても、見逃すのは悪手《あくしゅ》だと心が警告を鳴らしている。

エドワードとしては、今すぐにでもあのカロージェロという名の神官を叩き出したい、なんならこの城塞都市から追い出したい。だが、うさんくさいという理由では追い出せないのはわかっている。

しかも、カロージェロの行っている仕事を取り上げて大変なのはジーナだ。エドワードが負担して追い出すことができるのなら喜んで負担するのだが、エドワードは都市再生計画であちこち出掛けなくてはならない。そうなると結局、いない間のカバーをジーナがすることになるのだ。

「～～～～！」

頭を抱え込んだエドワードを見て、ジーナはそんなに嫌いなのかと呆れたが、誰にでもトラウマはあると思い直した。……トラウマだけのせいではなく、本質的に二人は合わないのだろうなとは感じたが。

カロージェロも、エドワードに対して含むところがあるような態度をとっている。

通常、エドワードはいないかのような態度でシルヴィアに話しかけているし、稀《まれ》にエドワードに話したとしても、だいたいが「お前はすっこんでろ」を遠回しな表現で表した言葉だ。

エドワードが最も懸念しているのは『シルヴィアの隣』という場所を奪われることで、カロージェロはシルヴィアの隣にいるエドワードが気にくわない、だからこそ二人はいがみ合っているのか？　とジーナは推測を立てていた。

＊

翌朝、カロージェロが威嚇するエドワードを無視しつつシルヴィアに恭しく挨拶してきたので、

「カロージェロは、どうして家令をやってるですか？」

と、シルヴィアは尋ねた。

シルヴィアは昨日の話を聞いて、カロージェロに家令をしろと言ったのは自分なので、エドワードの不安を取り除いてやろう、と考えたのだ。

だけど、エドワードとジーナが顔を青くしてシルヴィアを見た。

アワアワしている二人をシルヴィアは不思議そうに見た。

カロージェロもまた、不思議そうにシルヴィアを見る。

「シルヴィア様が望んだからですが、どうしてそのようなことを？」

カロージェロは逆に問い返してきた。

シルヴィアはちょっと考えた。

さすがに「エドワードが疑ってるから」とは言えない。

「えーと……私はしんかんが家令をやらないってしらなかったです。でも、今はしりました。だからなんでかってきました」

無難に答えられた、とシルヴィアは鼻息を荒くする。

だがカロージェロは、察したようにチラリとエドワードを見た。

エドワードはその視線をうけたとたん、

「シルヴィア様、そういうときは率直《そっちょく》に『うさんくさい』と言えばいいのですよ」

と、笑顔でシルヴィアに助言する。

え、言っていいの？

と、シルヴィアは思ったが、ジーナがものすごい勢いで首を横に振っているので、言っちゃいけないようだ。

カロージェロはピクリ、とこめかみを動かしたがエドワードの発言を無視した。

そして、シルヴィアの前にひざまずいて片手を取る。

「そうですね……。いろいろお話ししたいことがありますが、私を知っていただくのは追い追いとして、一言で理由を申し上げますと、シルヴィア様に感銘《かんめい》を受けたからでござい

ブン
ブン

ます」

シルヴィアはボーッとカロージェロの顔を見る。もちろんこれは、難しくてわからなかったからだ。

「カロージェロ様。もう少し砕いた言葉で、私にもわかりやすくお話しいただけないでしょうか」

ジーナがすぐに助け船を出してくれた。

カロージェロも苦笑してうなずく。

「申し訳ありません。私は説明が下手ですね……。理由は、そのステッキです」

シルヴィアが手に持つステッキを指した。

これにはシルヴィアどころかジーナも、エドワードですらも意味がわからない。

「そのステッキは、以前私が持っていました」

シルヴィアが目を瞠った。

このステッキに魔力を登録していたのは、カロージェロだったのか。

ジーナとエドワードもキラキラした魔力の粉が舞い散る光景を見ているので、驚いていた。

カロージェロは、感嘆する声で続きを述べる。

「そのステッキは、スキルと魔力を制御するのに苦戦していた少年期の私に、神官長が服飾店に頼んで取り寄せてくれたものです。……ですがそのステッキ、なかなかのクセモノでして……。私には制御できませんでした。ですが、せっかく取り寄せていただいたものですし、モノはとても良いのです。縁のある方がいたら譲るのはどうだろうと服飾店にお返ししたのですが……。まさか、シルヴィア様が手にされているとは思いもしませんでした」

ジーナは心配そうな声でカロージェロに尋ねた。

「制御……とは？　シルヴィア様が危険なものを持つのは侍女として看過《かんか》できません」

その言葉を聞いたカロージェロは、ジーナをじっと見た後深く頭を下げた。

「……それは、そのステッキを持った者にしかわからないでしょう。〝制御が難しい〟の一言に尽きるのです」

エドワードも、シルヴィアを不安そうに見た。

危険なものならへし折る……というかカロージェロが以前持っていたという時点でへし折りたい、という顔でステッキを睨んでいるので、ステッキが脅《おび》えている。

シルヴィアはステッキから事情を探ると、皆に向かってうなずいてみせた。

「ん。だいじょぶです。わかりました」

「「え？　何が？」」

ジーナとエドワードが声をそろえてツッコんだ。カロージェロも口に出してはいないが、同じ顔をしている。

シルヴィアは皆がわからないことを解説するのがうれしくて、ちょっといばって言う。

「この杖は、私とおんなじです。魔力をすって、魔力をはくです」

三人は声もなく驚いている。

得意になり、声を張り上げて続きを言った。

「だから、すってはくのを教えればいいです。私はいだいだから、教えてあげたのです！」

ドヤァ！

……と言わんばかりに胸を張ったつもりで腹を突き出したシルヴィア。

ジーナはもちろんエドワードも感嘆している。

「さすがです！　シルヴィア様！」

ジーナが褒めたたえると、シルヴィアはますます腹を突き出す。

見直してもらったので、とても気分のいいシルヴィアだった。


エドワードはかわいいな、と二人を微笑ましく見ていたら同じ顔でカロージェロが二人を見ていたことに同時に気づき、同時に顔をしかめた。

そして、エドワードはカロージェロをいまいましげに睨む。

……得意げになっているシルヴィアの前であれ以上ツッコめなかったが、結局のところ、カロージェロの話はうやむやにされて終わったのにエドワードは気付いていた。

理由にもなっていない理由でシルヴィアを誤魔化したのだが、あれではエドワードはもちろんのことジーナですら納得しない。

シルヴィアが納得してこれ以上首を突っ込まなければいいと判断し、この場は収めるが、理由が不明なのは相変わらずだ。

エドワードは独自に調査を始めることにした。

噂を集め、判明したのは、カロージェロはここの生まれではない、ということだった。

川で溺《おぼ》れ流されていたのを役人が見つけ、救出したのだという。

助かったのだが記憶喪失で、川の流れからして隣国出身ではないかと推測が立てられたのだが、この孤島と化した町では隣国と交渉することもできない。もちろんメイヤーはこのことを公爵家に手紙で伝えたが、当然のごとく返事は返ってこない。

教会でスキルと魔術の判定をしたところ聖魔術だったのと本人の希望もあって神官となったということだった。

これ以上のことはわからず、隣国に行って調べたいところだがエドワードにそんな余裕はまるでない。

調査結果を思い返しながら、エドワードは考え込む。

カロージェロがシルヴィアにまとわりつき家令の真似事をしているのは、シルヴィアの権力を利用しようとしているからだ、というのは確かだ。

そしてそれは、隣国出身のカロージェロが、ここにくる前のことが引き金になっている。

エドワードは直感でそう考えた。

カロージェロは、シルヴィアが城主になってすぐに現れたのではない。来たのは最近
……都市の修繕が進んでからだ。最初は教会の修繕を頼みに来たのだと思っていたが、今の今まで教会の修繕をシルヴィアに頼んだことはないし、今では町の教会に顔を出すことすら稀だった。

つまり、訪れたのは教会の思惑《おもわく》ではなく、人が流れるようになったことでカロージェロ個人がシルヴィアと誼《よしみ》を通じたいと考えやってきたのだと悟ったのだった。


……ここまで整理したエドワードは時間を作り、町の教会を訪れ神官長と面会した。

多少古びてはいるが、メイヤーの屋敷よりもよほど手入れが行き届き新品なものもある教会を眺めるエドワードに、神官長は苦笑しながら言った。

「こう言ってはなんですが、教会を維持しているのはカロージェロのおかげです」

何しろあの美貌だ。今はさすがに一時期の人気はないが、彼に会いたくて礼拝に訪れる者は多く、彼が頭を下げればお布施《ふせ》も弾むらしい。

「それがなくても、この町の者は皆、非常に信心深いのですけどね」

と、神官長は語り、エドワードに椅子を勧めた。

「さて、シルヴィア様の側近の方がどのようなご用件でしょうか」

用向きを尋ねられたエドワードは、言葉巧みに神官長に訴えた。

カロージェロが家令をしていること、彼の素性を知らない者が多く、カロージェロの横行をこれ以上見逃せない、と話す。

「神官を疑うのは私も心苦しいのですが、私は側近である前にシルヴィア様の剣となり盾となるもの。護衛騎士としては、素性の知れない不審者をこれ以上シルヴィア様に近づけたくありません」

エドワードが言い切ると、神官長は困った顔で返答した。

「……おっしゃることは非常にわかります。私もカロージェロが城主のたっての願いで家令の職に就くことになったと聞かされたときは驚きました」

エドワードは『たっての願い』に眉を動かす。

そこまで望まれてはいないし誰でも良かった、と言い返したいが、言い負かしたいわけではないので言葉を呑み込む。

「副神官長はどうも誤解されているようですが、それを神官長に訴えてもしかたがありませんのでひとまずは置いておきます。そもそもこちらを訪れた理由を聞いてはいないでしょうか。最初は教会の改築依頼にいらしたのかと思ったのですが、今の今までシルヴィア様にそのようなことを頼んだことは一度もありません。……ではなぜ？　と不審に思いまして」

神官長は困っている。

どうやら理由を知っているようだが、言いづらいのだろう。

「エドワードさんの立場で、カロージェロを不審に思うのはごもっともです。ですが、今まで彼はここで神官として大きな貢献を果たしております。そして、私も信頼しております。カロージェロが城主様を害することは、神に誓ってございません。ですからカロージェロを信頼してやってくれませんか」

エドワードはこれで諦めた。

神官長が神に誓っても信頼できない。なぜなら、カロージェロはシルヴィアでなく自分を害そうとしているのだろうから。

だが、それを神官長に訴えても無意味だ。被害妄想で終わるだろう。

「……そうですか。安心しました。ですが、副神官長のことで何か気付いた点や思いだしたことがありましたら、すぐに連絡ください」

そう言って席を立った。

心配顔の神官長に別れの挨拶をして教会を辞したエドワードはしかたなく、奥の手を使うことにした。

「あんな奴のために金を使うことになるのは業腹《ごうはら》だが……！」

エドワードは歯ぎしりしつつも手紙をしたため、翌日、早朝に馬を飛ばして隣町まで行き手紙を出した。

手紙の宛先《あてさき》は、よく使っていた情報屋。

エドワードは、以前自分を嵌めた連中や侯爵家の動向をずっと探っていた。

エドワードは出奔したが恨みを捨てたわけでは決してないし、もっと言うと相手には「自分を恨んでいる」という自覚があるだろう。

ならば、「仕返しをされるかもしれない」という自覚もあるはずだ。

これが逆恨みならば相手に自覚などあるはずがないだろうが、彼らは無実を訴え冤罪だと主張するエドワードを犯罪者として扱ったのだ。

エドワードが出奔したことに対して最初は祝杯をあげただろうが、時間が経てば経つほどいなくなった自分から仕返しをされることを恐れる。

なぜなら、無実だと知っているから。

その恐れは、エドワードを完膚《かんぷ》なきまでに破滅させようという計略を練ることにつながるだろう。

だから、常に動向を探り弱みを見つけようとしていた。

もちろんこちらの動向は知らせないようにするため、今までずっと偽名《ぎめい》を名乗ってあちこち放浪してきた。

エドワードがシルヴィアとジーナに本名を名乗ったのは、騙す気がなかったとはいえ奇跡に近かったのだ。

情報屋と接触を持つときに使う〝レージ〟を名乗り、大枚を叩《はた》いて情報を取り寄せたのだが。

「……その結果が、コレかよ」

たいした情報ではなかった。

カロージェロは偽名だった。だがこれは恐らく記憶喪失というので適当な名前をつけたか、持ち物にそれらしき名前が入っていたかというところが妥当なので、問題ではない。

カロージェロの容姿と年頃と救出された時期を照らし合わせたところ、隣国の下級貴族の子息だったようだ。

ある日、訪問先で野盗に襲われ消息不明になった。大規模な討伐隊が組まれ捜索《そうさく》したが見つからず、死亡したことになっていた。

ならば、カロージェロの情報をその貴族に教えたら迎えにくる可能性はあるが、恐らく当主はもう交代しているだろう。交代していなかったとしても、扱いに困るのは目に見えている。いまさら戻っても、せいぜい両親への顔見せくらいだ。どちらにしろ働きに出ることになり、舞い戻ってくるのがオチだ。

肩透かしをくらった気分になったが……ふと何かが引っかかった。

「……ん？　そんななんでもないことで、城塞に来て家令なんかをやりだしたのか？」

最初はそんなつもりではなかったのかもしれないが、今では城塞から出ずに働き、城塞の中で就寝している。

神に祈るのも城塞にある教会だ。たまに町へ下りるが門が閉まり橋が上がった後、教会へ向かうだけだった。

日中、町の教会にいては不都合。城塞にこもりきり。それは外からの接触を断っているかのようだった。

「……もう少し、調べてもらわないとわりに合わないな」

エドワードはつぶやくと、再び手紙をしたためて出しに向かった。


カロージェロは、ジーナとシルヴィアのみのときを見計らっては二人に話しかけていた。

信心深くない二人に幼子へお伽話《とぎばなし》を語るように神話を話したり、好きなものや楽しかったことなどを尋ねたりしていた。

実際、町でのカロージェロの評判は、美貌抜きにしても非常に良い。

川に流されていたところを助けられたのは有名な話で、そのときに、

「私が助かったのは神の慈悲で、ここに流れついたのは神の導きによるものだと考えてお

ります」

と言い、神官として務めることを決意したという美談がある。

シルヴィアに取り入ろうとしている、というよりは説法をしに来たんじゃないかな、とジーナは考えた。

あるいは。

ジーナはチラリとカロージェロを見る。

カロージェロは、シルヴィアに心酔《しんすい》している。

シルヴィアを褒めること、ジーナ以上だ。

シルヴィアの魔術をやたら見たがり、どこか修繕したりすると、それはもう大げさに讃《たた》える。

ジーナと二人で讃えるものだから、シルヴィアの鼻息と腹の突き出しっぷりがどんどんひどくなっている。

ジーナはそんなカロージェロに警戒心をいったん解いたのだが……。

しきりとジーナにエドワードとの出会いを尋ねてくることで、考えが変わった。

ジーナとしては、

「私もエドワードさんも、シルヴィア様とは道ばたで知り合いました！」

とは言えない。

シルヴィアはれっきとした公爵令嬢で城塞の城主となる契約書も持っているのに、護衛騎士と侍女が素性もわからないその辺で出会った人間だと知られれば、シルヴィア自身もうさんくさく思われてしまうだろう。

……と考え、やんわりとかわしていただけだったのだが、そのことを話したときにエドワードは鼻で笑うように言った。

「それって、あの野郎は俺たちを端《はな》っからシルヴィア様の護衛騎士と侍女とは信じてなかった、ってことじゃねーか」

ジーナはそれで、ハッと気づいた。

確かに平民は貴族の雇用に関して詳しくない。だとしても、平民のジーナですら侍女に護衛騎士との出会いなんて尋ねたりはしない。

――そんなもの、雇われた屋敷で出会ったに決まっているではないか。

「カロージェロさんは……」

「疑ってるんだろ、俺たちを。……俺たちからしたら、テメェのほうがよっぽど疑わしいってのにな！」

エドワードは吐き捨てた。

エドワードと話したジーナはカロージェロをまた警戒し始めたのだが、それを察知したカロージェロに謝罪された。

「……ぶしつけにいろいろと尋ね過ぎてしまいましたね。神官としてあるまじきことでした。申し訳ありません」

「……いえ、そういうわけではありませんけど……」

疑っているのはそちらでしょう？

……とは言えず、濁す。

そんなジーナを見ながら、カロージェロは首を横に振る。

「心配のあまり、余計なことをしてしまいました。……ですが、本当に心配なのです。貴方やシルヴィア様は、無垢《むく》なので……。利用されていても気づかないような気がします」

ジーナは、それでわかった。

カロージェロが疑っているのは、ジーナとエドワードではない。エドワードただ一人なのだ。

絶句するジーナを見てカロージェロは苦笑し、

「また言い過ぎてしまいました。申し訳ありません」

と、謝罪した。

ジーナは困ってしまった。

うさんくさいのはエドワードだけでなくジーナもだからだ。

むしろエドワードは、侯爵家子息の元近衛騎士団所属という出自。騙された経緯があるため大っぴらにしていないだけで、ちゃんとした侍女でないのは、元お針子で勤め先から逃げ出してきたというジーナのほうだ。

ジーナはカロージェロに訴えた。

「カロージェロさんがシルヴィア様を心配してくださっているのはわかります。ですが、私もエドワードさんもシルヴィア様に忠誠を誓い、一生を捧げております。その忠誠心は誰にも負けません。私たちは、軽い気持ちでシルヴィア様に仕えているわけではないことを知ってください」

真剣に話すジーナにカロージェロは戸惑った。

「……そうですか。ジーナさんはそうでしょうね」

カロージェロの歯切れの悪い口調に、ジーナはさらに訴える。

「エドワードさんもです！　エドワードさんは、騎士の誓いを立てております。シルヴィア様と契約もいたしました。本当に信頼できる方なのです」

ジーナが訴えるほど、カロージェロは心配そうな顔になっていく。

(どうしてそこまでエドワードさんを疑うの……？)

確かにジーナは長らく騙されてきた少女で、シルヴィアもまた無垢な幼女だ。

だが、何も持っていなかったシルヴィアを心配して城塞まで送ってきたエドワードは、かなりいい人だと思う。

必要な日用品の買い出しだって、エドワードが身銭《みぜに》を切っていた。金銭面でも気前が良く誠実だと思う。

自分はむしろ下心でシルヴィアについてきた。親方親子から完全に逃げ切るために城塞に入りシルヴィアの侍女になろうとしたのもそうだ。

「……私よりもよほど、エドワードさんの方が誠実な方です。いつもシルヴィア様の心配をしておりますし、自分の身を犠牲《ぎせい》にしてもシルヴィア様のためを思って行動している方です」

そう言ったが、カロージェロには伝わっていないような気がした。

カロージェロは、頑迷《がんめい》に『エドワードは害だ』と、結論づけているのがわかったからだ。

どうしてなのか理由がわからない。同族嫌悪にしても、かなり歪だ。

……エドワードは、カロージェロのその思いを最初から理解していたからこそ、カロージェロを警戒しているのだ。

それだけは理解できた。

九章 ―― カロージェロの場合

カロージェロは、隣国のエリゼオ男爵《だんしゃく》家子息だ。……表向きは。

実はオノフリオ侯爵と踊り子との間にできた子で、母親である踊り子は出産時に死亡。生まれた子を家に入れるわけにはいかないオノフリオ侯爵が、親族のエリゼオ男爵に「貴殿の養子にしてほしい」と頼んだのだった。

オノフリオ侯爵家の継続的な支援の確約と、両親のいいとこ取りの非常に美しい子だったということもあり、エリゼオ男爵は了承した。

そのままエリゼオ男爵家の末息子としてかわいがられていたが、カロージェロは美しすぎた。

数え切れないほど不審者につけ狙われ、誘拐《ゆうかい》未遂は月に何度もある。

エリゼオ男爵家だけでは守りきれないと、オノフリオ侯爵家も護衛を導入する騒ぎだ。

それほどに幼少期のカロージェロは人を惑わせる美しさだった。

カロージェロは身を守るためなのか、『照罪《しょうざい》』というスキルを授かった。これは、犯した罪が見えるのだ。

とはいえ、『照罪』はそう使い勝手の良いスキルではない。『嘘をついた』などという軽微な罪でも見えてしまう。そして、その罪は非常に簡単な単語で表されている。

罪状が大きい者は文字がより濃く赤くなっていく。

血のように真っ赤な罪を持つ者を避ければ良い、とわかったのはしばらく経ってからだ。

それまでは皆を避け、部屋にこもりがちになり、常にベールをかぶっていた。

大変な目に遭ってはいるが、それでもカロージェロは恵まれていた。

両親も兄も自分に良くしてくれて、実の家族のように心配して気にかけてくれているし、実の父であるオノフリオ侯爵も、家に入れられない負い目で金銭面での援助や護衛の手配などを積極的に行ってくれている。

周りの支援により少しずつカロージェロの人間不信が和《やわ》らぎ、外出もできるようになっていった。

無事七歳になり、エリゼオ男爵の他にオノフリオ侯爵も付き添って教会へ行きスキル判定を行った。

神官長から結果を知らされたオノフリオ侯爵とエリゼオ男爵はその特殊さに驚き、カロージェロのスキルを秘匿《ひとく》することにした。犯罪を明らかにするなど、新たな火種にしかならない。

教会から出た後、将来の話になり、

「将来は、神職に就くといいかもしれないな。高位の神官になれるだろう」

と、エリゼオ男爵は言い、カロージェロもその方が身の安全を図れそうだと考えていたが、オノフリオ侯爵は、

「罪を暴くのならば司法がいいだろう。今から勉強しなさい」

という意見だった。

エリゼオ男爵はオノフリオ侯爵に遠慮して意見を翻し、カロージェロに司法の職に就くことを勧めた。

――これが、運命の分岐点だった。


将来が決まったカロージェロは、オノフリオ侯爵家から優秀な家庭教師を何人も送られ、ひたすら勉強することになった。

勉強しながらもカロージェロは不安に思う。

なるほど、司法職に就けば、裁く者の立場になる。だが、それが最善なのだろうか？

現に、オノフリオ侯爵がこれと見込んだ家庭教師ですら半数が重罪、その他も軽微な罪を重ねている。

自分が裁けば、全員が犯罪者だ。――実の父ですら。

悩むカロージェロに、運命を左右した決定的な事件が襲いかかる。

カロージェロが十歳のとき、オノフリオ侯爵は当時の司法のトップである司法官長と引き合わせた。

オノフリオ侯爵としては、司法官長とつなぎを作っておけば、カロージェロが将来有利になると考えたし、実際そのとおりだ。

ただし、それはカロージェロの尊厳を犠牲にしてだった。

カロージェロはオノフリオ侯爵から、「司法官長へ挨拶に行きなさい。二人で話したいと言っている。失礼のないようにな」と、言われ、約束の日に訪れた。

部屋に通され、遅れて現れた司法官長に挨拶しようとし、一目見て絶句した。

『騙』『姦《かん》』『虐』『殺』と、いくつもの文字が真っ赤に書かれている。

「やぁ。気楽にしたまえ。君がオノフリオ侯爵の秘蔵《ひぞ》っ子か。なんでも、司法の道を目指しているんだって？」

司法官長は、カロージェロに親しげに、いかにも人が良さそうに話しかけたが、カロージェロが警戒しているどころか脅え逃げ腰になっているのを見て、すぐに本性を現した。

ニヤリと笑うとすぐさま襲いかかり、口を塞《ふさ》いでカロージェロにささやいた。

「君は、司法の職に就きたいのだろう？　なら、私の言うなりになるしかない。司法の人事はすべて私の思惑一つで決まるからね。私が目をかけてやったら、必ず出世するし、君の容姿なら——私の後釜《あとがま》にもなれるよ。それでも断る気かな？」

カロージェロは吐きそうになりながらも振りほどき、言った。

「ぼ、僕は、そもそも司法の職になんて就きたくなかった！　だから、貴方の罪を告発する！」

司法官長は鼻で笑った。

「は？　誰が信じるかって言うんだ。たかが男爵子息と司法官長の私だぞ？　お前が誘惑して私が乗らなかった、とでも言えば、みんな私を信じるさ」

「父とオノフリオ侯爵は僕の言うことを信じる！　僕のスキルを二人は知っているから！」

司法官長は怪訝な顔をした後、急激に険しい顔になった。

――思い出したのだ。オノフリオ侯爵が司法官長に話を持って来たときに言ったことを。

「あの子は特殊なスキルを持っていて、司法の職にはうってつけなのだ。ぜひとも会ってやってほしい」

そのときは、噂の美少年を毒牙《どくが》にかけられる喜びが表に出ないよう腐心《ふしん》していたため、聞き流していた。

司法官長は、絶対にカロージェロを逃がしてはならないと襲いかかった。

カロージェロも死に物狂いで逃げる。

「……諦めろ！　この屋敷にはお前の味方などいない！　全員、私が弱みを握っているか私の愛玩具ばかりだからな！」

司法官長は叫び、とうとうカロージェロを捕まえて組み伏せた。

が、カロージェロは司法官長の股間《こかん》を蹴り上げた。

「！？！？！」

苦悶《くもん》する司法官長を突き飛ばし、外に逃れた。

「――おい！　誰でもいい、奴を追え！　絶対に逃すな！」

司法官長は口がきけるようになると怒鳴った。自身が追いかけたいが、現時点では立ち上がることすらできない。配下の者に追わせた。

飛び出したカロージェロは、護衛を探しながら逃げる。だが、護衛は司法官長が言いくるめて引き上げさせてしまっていた。

「――誰か！　いないの⁉」

叫びながら逃げながら探したが、誰もいない。

ベールを取った自分は、侯爵家で契約している者以外に救いを求めても、逆に襲われるだけだろう。自分を追いかけてくる者はすべて真っ赤な字で罪が書かれている。

あぁ、どうして。

自分が何をしたというのだろう。

なぜ皆、自分を襲おうとするのだろう。

どうして皆、平気な顔で罪を犯すのだろう。

「――もう、助かる術は――……」

絶望したカロージェロは、それでも連中の手にかかって死ぬくらいならと、川に身を投げた。


――目を覚ましたとき、心配そうに自分を覗き込む顔がいくつも見えた。

「うわぁっ！」

驚いて飛び起きると、周りも驚いていた。

人の良さそうな顔に囲まれたカロージェロは戸惑った。

自分のいる場所がわからなかったからだ。

ただ、あの連中に捕まったわけではないのはわかった。罪が全員軽微でせいぜい『嘘』『隠』くらいしかなかったからだ。

「良かった良かった、意識を取り戻したぞ」

「川から流れてきたときは死んでるかと思った」

「運が良かったんだな」

口々に言われ、流されていたところを救われたのだとわかった。

カロージェロは身の上や川に流されていた事情を尋ねられ、とっさに記憶喪失のフリをしてしまった。

（あぁ、きっと鏡に映る自分は赤い文字がくっきりと浮かぶだろう。こんなに善良な人々を騙したのだから）

そう思い、暗くうつむく。

それを、記憶喪失のために不安になっているのだと勘違いした人々は、メイヤーに相談した。

メイヤーは、

「流されたとなると、隣国出身ということになるだろうが……。そうなると、領主様に頼まないとどうしようもないんだがなぁ」

とぼやいた。

メイヤーは「期待をしないでくれ」と言って手紙を出そうとしたが、カロージェロは止めた。

「私なんかのために、無駄なことをしないでください」

その言葉は本心だが、もっと言うと、万が一にでも手紙が司法官長の手に渡ったら、ここに乗り込み、下手をすれば住民全員を虐殺《ぎゃくさつ》するかもしれないと思ったのだ。

司法官長がオノフリオ侯爵やエリゼオ男爵をどう言いくるめているか知らないが、自分が生きているのがわかれば必ず口封じをするだろう。

オノフリオ侯爵やエリゼオ男爵は、今まで自分が襲われ続けてきていて、『照罪』という、人の罪を暴くスキルを持っていることを知っている。

さらには、オノフリオ侯爵の隠し子であるため、権力を狙って体を売る必要などない。司法官長なしでも、オノフリオ侯爵が後押しすれば次期司法官長の座はたやすいのだから。

司法官長がどこまで知っているのかはわからないが、その事実が伝われば保身のために自分の息の根を確実に止めにくるだろう。

この孤島のような町なら、隣国であっても兵団を送り込んでも問題はないと踏むはずだ。そのため、カロージェロがここにいることは秘密にしておきたかった。

――もっとも、メイヤーは後日公爵家へ手紙を出したのだが、幸か不幸かその手紙は誰にも読まれず処分されてしまったのだった。

とりあえずは、自分のことを思い出すきっかけとしてスキルと魔術の確認をしてみようと言われ、カロージェロは教会に連れて行かれた。

嫌だったがこれは逆らえなかった。

事情を聞いていた神官長はカロージェロに、

「そんなに緊張しなくても大丈夫ですよ」

と話しかけて、スキルと魔術の確認をする。

「……これは……」

出てきたスキルを見て絶句した。

神官長は、うつむいているカロージェロの反応を見て何かを悟ったようにハッとし、そして微笑みながらカロージェロの頭を撫でた。

「これは、貴方が神から愛されたという証しですね」

神官長がそう言うと、カロージェロはますますうつむく。

「……そうは思えません。……私は、人が信じられないのです」

好きで美しく生まれついたわけではない。

好きで人の罪が見えるようになったわけではない。

カロージェロは、そう叫びたい。

神官長は少し考えた後、メイヤーに伝えた。

「彼は、私がめんどうをみましょう。彼の属性魔術は『聖』でした。これはきっと、神の導きです」

神官長は、カロージェロに鍵のかかる部屋を与えた。

何があったのか、本人が語りたいと思うまでは聞くつもりはないし、深く傷ついているのであれば閉じこもりたいであろうと察したのだ。

カロージェロはその通り、鍵を掛け閉じこもった。

神官長は食事を差し入れ、いろいろ一方的に話した。

住民からの差し入れも、そのときに渡した。

神官長の気遣いと住民の優しさにカロージェロは癒《い》やされ、この町で生涯暮らすことを、そして神官になることを決意した。

鍵を開け、神官長に自分の決意を告げると、神官長は優しく微笑んだ。

「小さな古びた教会ですが、皆、信心深い者たちです。貴方のそのスキルと魔術も、いつかきっと本来の使い途がわかるときがくるでしょう。……それで、貴方の名は、なんと言いますか？」

「……カロージェロと言います」

「では、カロージェロ。貴方は今日から神官です。略式ですが、神官の儀を行いましょう」

その日からカロージェロは神官となった。

神官として務めていくうちに、思春期を迎えたカロージェロは自身のスキルで苦しみだした。

皆、いい人だ。

だが、全員罪人だ。

大した罪ではない。単語なので詳しい内容はわからない。そうわかっている。だが、罪が見える。それがつらい。

いつも気にかけ心配してくれる夫人に『殺』の文字が見えたときは凍りついてしまった。

スキルに振り回されているカロージェロを見て、ある日神官長はカロージェロに言った。

「……そういえば以前、服飾店のご主人が『隣国で仕入れの途中にスキルを制御するという珍しいステッキを見た』と話していたのを聞いたことがあります。よかったらそれを取り寄せましょうか？」

カロージェロはハッとして神官長を見た。

これ以上迷惑をかけたくないとは思ったが、そのステッキでスキルのオンオフができれば素晴らしい。

カロージェロは神官長にお願いし、神官長は服飾店の店主に頼んで取り寄せてもらった。

「何やら制御が難しいらしいんですが、大丈夫ですかね？」

と店主は言いつつステッキを仕入れた。

神官長は代金を支払おうとしたが、店主は手を横に振る。

「いえいえ、無料同然でしたから。なんかよくわからないんですが、魔術師の杖って普通はこの形じゃないそうなんですよ。でもって、なんか制御が本当に難しいってことでして。よくわからんのですが、神官の方が使うのなら、大丈夫でしょう」

神官長は受け取った。確かに、呪《のろ》われていたとしても神官長もカロージェロも聖魔術の遣《つか》い手なので解呪《かいじゅ》できる。

神官長はカロージェロにそのステッキを渡した。

「話したステッキはこれになります。使ってみますか？」

「……はい！」

するとカロージェロは、喜んでステッキを手に取った。

すると、本当にスキルが使えなくなった。

「……あぁ……。本当に見えなくなりました！」

カロージェロは喜んだ。……最初だけは。


取り寄せてもらったステッキは、確かにカロージェロのスキルを封じた。だが、今度は見ようと思っても見えなくなったのだ。

魔術も使えない。

カロージェロは奪われた不安のあまりパニックを起こした。

神官長はカロージェロからステッキを取り上げたが、それでも見えない。

カロージェロがまたスキルを使えるようになるまでかなりの時間がかかったのだった。

危険なステッキだと神官長は思ったのだが――実際、スキルが使えなくなったのはカロージェロのみだった。神官長が持っても、服飾店の店主が持っても何も起きない。単なるステッキだった。

解呪も試みたが、特に呪われているわけでもなく、相性が悪かったのだろうと結論づけ、神官長は服飾店の店主に返した。


スキルに振り回されてさんざんな目に遭っているカロージェロに、神官長は説いた。

「貴方は人の罪が見える。ならば、その罪を懺悔《ざんげ》した者を許してやりなさい。贖罪《しょくざい》した者を浄化してやりなさい。誰でも何かしら闇を抱えて生きています。もし罪を犯していない者がいるとしたら、それは人とかかわっていないかわいそうな者という証拠でしょう。人と人とが交流してこそ罪は生まれるのですから」

カロージェロは、神官長の言葉に開眼した。

そして、人々の懺悔を聞き、当たり前のアドバイスをして贖罪をさせ、【浄化《ピュリフィケーション》】を唱えた。

嘘をついた者や喧嘩をして暴力をふるった者には謝るように伝え、贖罪できたと再度教会を訪れたら浄化する。

そうしたら、文字が消えていった。

『殺』の文字が浮かんでいた夫人は、泣きながら言った。

「神官様のような若い子に聞かせる話ではないのはわかっているのだけど……」

彼女は元来身体が弱かったが、その時期はいつも以上に忙しかった。

無理をして働いていたら身体を壊して倒れ、医師に診断してもらったら妊娠していたそうだ。……だが、不安定な時期に無理をして、さらに倒れてしまったのがいけなかったらしい。赤子は助からなかった。

彼女は自分を責め続けていた。

そしてその話を聞いたカロージェロも、自分を責めた。

罪を犯すのには理由があり、またカロージェロのスキルも、すべてが見通せるわけではない。

彼女のようなパターンもあるのだ。

カロージェロは、彼女に優しく伝えた。

「でしたら、今後は自身の身体をいたわりましょう。夫人が身体をいたわること、それが贖罪になります」

伝えた後、浄化の魔術をかけると、文字は綺麗に消えた。

「……そんなものなのか」

罪と向き合い、贖罪すれば罪は消えるのだ。

――軽度ならば。

恐らく一生消えないであろう罪の文字を背負った司法官長をふと思い出す。

彼は罪を重ね続けるだろう。

だから、カロージェロも嘘をつき続ける。

自身が罪を背負うことでこの平和な町が守られるのであれば本望だ。


それから十数年。

カロージェロは青年となり、やり手の副神官長となっていた。

現在は彼が教会を取り仕切っていたが、恩義のある神官長を常に立てていた。

結婚もしないままだった。

秋波《しゅうは》は常に送られてきていたが、交際に至るまで積極性を出す女性がいなかったし、彼もまた自分のスキルのせいで一歩踏み込めなかった。

罪が見えるスキルを持つ男など、怖くて結婚どころか交際すら無理だろう、と、カロージェロは諦めていた。

昨日まで、何も変わらず神官を続け、人々の懺悔を聞き贖罪を促し罪を浄化する日々だった。

今日もいつもと変わらない日々だろう……と、考えていたカロージェロの平穏は破られる。

メイヤーから、長らく放置されていた城塞に城主が現れたと聞かされ、五日後に集まるようにと通達されたのだ。

集まらないと町の修繕が行われないという。

カロージェロは眉をひそめた。

脅しをかけてきたか、と思ったのだが、メイヤーはカロージェロの表情を読んで手を横に振った。

「脅しではありません。城主となった方は、住民が自分を城主として認めるのなら町を修繕しよう、と言っているだけです。……まぁ、そう言うのも無理はない、幼い少女でしたから。幼い子のワガママと思って聞いてやってください」

カロージェロは今度は呆気にとられる。

そんな幼女に何ができるのだろうか、だが、どんな罪を負っているのか見定めなくては、と、集会に向かい、そこで見たものに驚愕《きょうがく》した。

――壇上《だんじょう》に立つ幼女には、いっさいの罪が無かった。

表情はとぼしく、小さな身体は頼りない。

カロージェロは、かつて神官長から聞いた話を思い出していた。

『――もし罪を犯していない者がいるとしたら、それは人とかかわっていないかわいそうな者という証拠でしょう――』

まさに、そこに立つ幼女がソレだった。

その幼女は魔術を放つ。

それは、カロージェロにだけはわかった。

だが、その魔術は非常に心地よかった。

神が彼女を遣わしたのだ、そのときカロージェロはそう思った。

いっさいの罪を背負っていない、無垢な幼女が城主となった。

ならば、自分は彼女を支え、すべての罪から守ろう。

——そう考えながらシルヴィアを見つめていたとき。

それまで眼中に入っていなかった男が、シルヴィアの前にひざまずいた。

カロージェロは、その男を見て戦慄《せんりつ》する。

その男には、この十数年間見ていなかったほどの、血の滴《したた》るような真っ赤な文字で罪状が記されていたのだ。


「……カロージェロ。その、貴方の心配はわかります。ですが、繰り返し伝えているように、罪とは——」

「神官長様。おっしゃることはわかっています。ですが、あのままですとシルヴィア様が危険なのです。初めて見た、罪のない無垢な幼女を守らなくてはなりません。……あの罪深き男から……」

神官長はいろいろ言って引き止めたが、カロージェロは止まらなかった。

引き継ぎをして、シルヴィアのもとへ行く準備を進める。

カロージェロには、シルヴィアが橋を直して開通させてしまったことも頭が痛かった。十数年経った今も司法官長が自分の行方《ゆくえ》を追い、探し出したのち住民もろとも皆殺しにするリスクを負うとは思えない。しかも、隣国の公爵家令嬢が城主として在城している今ならなおさらだ。それこそ司法官長の罪のせいで戦争になるだろう。

そもそも、今もまだ罪を重ねているかわからない。とっくに捕まって処刑されているかもしれない。

だが、油断はできない。

カロージェロは神官長に謝罪し、事情を説明した。

「長く騙していて申し訳ありません。実は――」

話を聞いた神官長はうなずき、カロージェロの謝罪を受け入れた。

「そのような事情ならばしかたありません。ですが、城主様には話した方がよいでしょう」

神官長の言葉にカロージェロは首を横に振る。

「シルヴィア様にお話ししたいのはやまやまですが、あの罪深き男がそばにいる以上、危険です」

あの護衛騎士は、いったいどのような罪を背負っているというのだろう……と神官長は考える。

思春期の頃のカロージェロを思い出すほどに、頑迷な彼に手を焼いていた。

「……カロージェロ。いいですか、昔のことを掘り返して申し訳ありませんが、かの夫人のような経緯もあるのです。懺悔を聞き、贖罪を促しましょう。そうして貴方が浄化すれば――」

「神官長様。彼の罪は、そのようなものではありません。そして、懺悔も贖罪もうわべだけで、決して許されることはないでしょう」

綺麗な笑顔で反論するカロージェロに、神官長は頭を抱えた。

十章 ― 陰謀《いんぼう》渦《うず》巻《ま》く

神官長は困り果てていた。

カロージェロは自身のスキルゆえ、罪のない城主に傾倒《けいとう》してしまった。

幼いとはいえ罪がないとはよほどの箱入りか、あるいは……罪を意識できないか。

カロージェロと話していてわかったことだ。

本人がそれを罪だと認識すると、罪になる。だから、それが悪いことだと思っていない場合は罪とならないのだ。

幼い子は親に叱られてそれを覚える。つまり……彼女は公爵家で一度も叱られたことがないのではないか？

神官長はカロージェロとは逆に城主に不安を覚えたのだったが……その後、シルヴィアは有言実行とばかりに、橋の修繕を皮切りに次々と町を修繕していき問題点を指摘する。

その姿は幼いながら立派な城主で、神官長は杞憂《きゆう》だったかと胸をなで下ろした。

だが、いっそシルヴィアが叱られたことがないわがままな幼女だったらよかったと思い直した。

そうすればカロージェロは失望し、神官長が諭して終わったのだ。

神官長としては残念なことに、シルヴィアはカロージェロが傾倒するに値《あたい》する城主だと示してしまった。

カロージェロが何かとんでもないことをやりださないかと不安に思っていると予感は的中し、当のカロージェロが輝く笑顔で告げてきた。

「シルヴィア様に、城塞の家令になるよう切望されました。身を隠すのにもちょうどよかったですし、引き受けることにいたしました」

神官長はなぜそうなった、とツッコみたくなった。

「……確かに、神官が家令になってはいけないという規則はありませんが、異例中の異例ですよ？　通常はあり得ませんし、そもそも務まるのですか？」

神官長は考え直すよう説得したが、カロージェロはいささか常軌《じょうき》を逸《いっ》した目で、

「これは、神のお導きです」

と言って譲らない。

城塞の敷地内に教会があったのが運の尽き。教会があるなら神官が必要になる。

カロージェロはそこの神官長になってしまった。

町の教会の副神官長が城塞の神官長になるのは至って普通、その流れで行くと、同じ敷地内で管理元である城塞では人手が足りないので手助けとして家令を務めるというのは言

い訳として成り立つ。

神官長は、

「……できるだけ戻ってきて、話を聞かせてください」

と言うことしかできなかった。


カロージェロは、橋が上がり閉門した後で教会に戻ってきて、神官長と話をした。

だいたいはシルヴィアの話だ。

「ほとんど表情を動かさないのですが、褒めたたえると少しだけ態度に出すのです。その姿が愛らしくて……」

「今日はシルヴィア様の魔術を間近で見たのですが、まさしく神の御業《みわざ》のようでした！」

などと、神官長が引くくらいに讃《たた》える。

そして、最後はエドワードの話になる。

「……あの罪深き男を、どうやったらシルヴィア様から引き離せるでしょうか？」

もうこれは一種の狂信者ではないか？　と考え神官長は辟易しつつも、

「皆から信頼されている方ではないですか。町の復興にも熱心ですし、今まで悪い評判を聞きません。……罪を懺悔してもらいましょう。そうすれば、彼の悔恨《かいこん》も晴れますし、貴方の憂《うれ》いも払えます」

と、なだめる。

だがカロージェロは、

「それが奴の手口です。信頼を得ていることがまさしく罪の証拠なんですよ」

と、取り合わない。


神官長はため息をつき、しかたがない、さりげなく聞いてみよう――そう考えていた矢先にエドワードが訪ねてきた。

笑顔でそつなく話すエドワードは人当たりがよく、どう見ても好青年だ。

なぜカロージェロはそこまで疑うのかと考えながら話していたら、神官長はエドワードもまた、カロージェロを疑っていることに気付いた。

にこやかかつ言葉巧みにカロージェロの過去を探ってくる。

その如才《じょさい》ない言動に、神官長はカロージェロと似ている、と感じた。

カロージェロは生い立ちにいろいろあったこととスキルのことがあるためか、他者に対して一線を引き、様子を探るところがある。

エドワードは、カロージェロと同じような対応をするのだ。

エドワードのスキルは『感覚器官強化』で、属性魔術は『風』だ。特に問題はないスキルと魔術なので、それとは関係ないところでカロージェロと似たような過去があり、他者に対する猜疑心《さいぎしん》が強いのかもしれない。

それに、その猜疑心は、シルヴィアの身を案じてのことなのだろう。

神官長が見かけるエドワードは、シルヴィアのそばで助言を与え、無茶をしようとするシルヴィアに対して心配そうな顔で声をかけている姿だ。時々抱き上げて親しげに話しながら歩いているし、シルヴィアの信頼も厚いと思われる。むしろ、幼く無垢な城主に仕えているのならば、エドワードくらい猜疑心の強い護衛の方がいいはずだ。

……だが、もうひとつカロージェロとエドワードが似ていると感じる部分があり、それが気になる。

それは、信頼を寄せられる早さと如才なさだ。

カロージェロはここに来てからもいろいろあり、悩み、壁にぶつかりなどしていたが、その思春期の青さも含めて町の住民すべてに信頼されるほどの青年に成長している。

エドワードもまた住民の信頼を短期で得ていて、町の修繕は彼が主導している。

もちろんメイヤー他、住民と打ち合わせているし、キチンと城主に許可をとっているので独断ではないだろう。そもそもシルヴィア自身、年齢が年齢なのでエドワードが導いたほうが良いのは確かだが、その裏で糸を引いているかのような導き方も、カロージェロと似ているのだ。そこに嫌な予感がする。

さらに。

エドワードもまた、カロージェロを不審に思っているだけではなく嫌っている、と神官長は感じた。

それは、同族嫌悪かもしれないし、もしかして互いにシルヴィアを思うがままに導こうとして互いが邪魔になっているのではないかとも考えられる。

神官長は頭が痛くなってきたが、それでもエドワードにカロージェロは信頼できると説いた。若干狂信的になっているが、シルヴィアを想う気持ちは本物なのだ。

……エドワードは笑顔で相づちを打っていたが、信じてはいないだろう。

カロージェロのスキルのことは話せないので神官長もそれ以上は言えず、エドワードが退去を告げるのを見送るしかなかった。

エドワードの去り際、思い余った神官長は声をかけた。

「エドワードさん。……もし、何か心に悔やまれることがありましたら、ぜひとも懺悔することをお勧めいたします。心に刺さったトゲは、刺さったままでは決して傷が癒えることはありません。教会は、懺悔内容は秘匿しておりますし、懺悔の後、贖罪を行い浄化の魔術をかけると罪も消えるでしょう。幼い子でも罪は犯します。どうぞ、つまらない内容でもお話しください」

エドワードは、唐突にそんなことを言い出した神官長に戸惑ったようだった。

「え……えぇと、そうですね。特に思い当たりませんが……。覚えておきましょう。ありがとうございます」

本当に心当たりがないような態度でエドワードが返した。

──それが演技でなければ、彼は罪を自覚していないか、大した罪ではないと思っているか。……いや、カロージェロがあれほど憤るのだから、彼は大罪を犯していると自覚しているはずだ。

心当たりなどまるでないかのようなエドワードに、それこそが彼の大罪なのかと神官長は思い至った。

それが演技であるのなら、彼は周囲を完璧《かんぺき》に欺いている。つまり、それこそが彼の大罪なのだ。

それが演技でないのなら、彼は罪とわかっていながら正当だと考えている。懺悔など不要だと心から思っているので思い当たる節がないのだ。

神官長は、去っていくエドワードの背を見つめながら、ようやくカロージェロの心配が理解できた気がした。

エドワードは、危険だ。

＊

司法官長は、最近開通したという隣国の橋の噂を聞いた。

そこは公爵領ということなので、司法局としても対応に気をつけねばならない。

開通した場所を聞いて、眉をひそめた。ふと、昔のことを思い出したのだ。

オノフリオ侯爵から紹介された美しい少年。

あれほど美しい子はいまだにいない。惜しいことをした。

……そういえば川に落ちたと報告があったが、あの辺ではなかったか？　あのときは大変だった。エリゼオ男爵よりもオノフリオ侯爵の方が激昂《げっこう》してしまい、すさまじく揉《も》め、妻や義父にもさんざん罵倒されたのだ。

司法官長はそのときを思い出し、苦々しい顔になった。

あの少年がオノフリオ侯爵の隠し子であることをつかんだが、公然の秘密だったので弱みにもならなかった。

表向きの体裁のためにオノフリオ侯爵は引き下がったが、あの事件がきっかけでオノフリオ侯爵家とは隔意《かくい》ができ、司法官長も以前のような好き勝手ができなくなったのだった。

司法官長は入り婿《むこ》で、当主は妻だ。一時は妻の暗殺も考えたが、そうなると入り婿の自分は追い出される。最悪は平民になってしまうので諦めた。

司法官長になったのも実力ではなく、妻の父親の推薦《すいせん》によるもの。今は引退して久しく当時の権勢はないが、それでも機嫌を損ねるのはあまり得策ではない。

最近は、少しずつ自身のよくない噂が流れているようだった。誰かが足を引っ張るために調べたのだろう。

噂が消えるまでおとなしくしていなければならない……と、司法官長がイライラと考えていたときに、橋でつながった隣国の、さらなる噂が飛び込んできた。

いわく、「とんでもない美形の神官がいる」と。

司法官長はすぐに殺しそこなった美少年を思い浮かべた。

まさか、そこまで流され、そして無事でいるとは思わなかった。

オノフリオ侯爵には、『送る途中に野盗に襲われ行方不明になった』と、襲われた現場も方向違いの場所で伝えてあるので、その美形の神宮とはそうそう結びつけないだろう。

だから、気づく前に始末しなければならない。

「十数年も経って出てきたか。すぐに居場所がわかっていれば、かわいがってから殺せたものを……」

心底惜しそうに言うと、司法官長はすぐに手を打つべくいつも使っている掃除屋を呼び出した。

＊

　エドワードはカロージェロについての追加の調査結果の紙を読み、激しく舌打ちした。

　そこには、カロージェロの過去――侯爵の隠し子であり、黒い噂のある司法官長の別宅で密会して以降消息を絶った、司法官長に暗殺された疑いがあったが、司法官長もかなり長い間人を雇って捜索していたのでその線は薄いと考えられている――が、書かれていたのだった。

「とんでもねー爆弾じゃねーか！　城塞に居座らせてたら暗殺者が押しかけてくるぞ！」

　エドワードが案じるのは、シルヴィアとジーナの安全だけだ。

　……正直、二人とも普通に強いのでそこらの野盗程度なら軽く一捻《ひとひね》りなのだが。

　ただ、この調査結果を読む限り、向かってくるのはそこらの野盗ではないだろう。

「……さて、どうするか」

　エドワードは今後の予測と計画を立て始めた。

　カロージェロと神官長は、エドワードに対して危機感を抱いたことは一致したが、そこから先は意見が割れた。

カロージェロとしては、神官長もエドワードが危険だと認識したのはよかったが、神官長はあくまでもエドワードを改心させようとしている。

「贖罪を促しましょう。あの方はもうすでにこの町の中枢《ちゅうすう》にいます。欺いているにしろ、その理由を尋ね、贖罪させるべきです。現状、彼は罪を犯しておらずこの町に貢献しているのみ。私もエドワードさんを説得しますから、カロージェロ、彼に贖罪を促して――」

「神官長。貴方はわかっていません。あの男に促しても決して罪は消えない。あれは、そういう男なのです」

カロージェロには彼の罪が見える。

『欺』『偽』『嵌』『盗』。

『姦』と『殺』がないだけ司法官長よりはマシ、といった感じだ。

つまり、人を騙すことを生業《なりわい》にしている。そんな男がまともなわけがないと吐き捨てる。

カロージェロはその危険性を神官長に必死に訴えるが、神官長もカロージェロを説得しようとして平行線をたどった。

（神官長は、優しすぎる。その優しさに私も救われたが、今回はそれが仇《あだ》になるということをわかっておられない……！）

カロージェロは神官長の説得を諦めた。

とにかくその危険性を把握しなくてはと手紙のやりとりをしたことのある神官を頼り、

ジーナから聞いた情報を伝えてエドワードに関して調べてもらった。

ほどなくして得た結果を読んで、手紙を持つカロージェロの手が震えた。

「……こんな男がシルヴィア様とジーナさんのそばにいるのですか……！」

カロージェロはどう対応するか悩んだ。

カロージェロは神官だ。軽々しく他人の罪を吹聴してはならない。

とはいえ、このままではシルヴィアとジーナが危険だ。

厳しい顔で歩いていると、ジーナが気づいて声をかけてきた。

「カロージェロさん、どうかしましたか？」

心配そうなジーナの顔を、カロージェロはまじまじと見つめる。

――本当は彼の素性を話し、騙されていたことを悟らせ味方になってもらった方がいいだろう。

だが、それはできない。

カロージェロは、ジーナに微笑みながら言った。

「いえ、なんでもありませんよ」

去ろうとするカロージェロにジーナは声をかける。

「あの！　……私では頼りにならないかもしれません。ですが……ここで一緒に働く仲間ですし、相談していただけたらと思います！　もしかしたら、いい解決策が浮かぶかもしれないですし！」

驚いたカロージェロは、振り返ってジーナを見てしまった。

ジーナの真剣な顔を見つめ、戸惑うが、

「……いいえ。貴方は頼りになる方ですよ。ですが、私の相談事となると神官としての内容になりますから、不用意にお話しできないのです。申し訳ありません」

と謝った。

「いえ、そういうことじゃなくて……。……あの、カロージェロさん自身のことで、何か悩んでいるのかと勘違いしていました」

「私の？」

そう言ってカロージェロは首をかしげた。

……確かに少年時代の貴族の子息だったときのことはあるが、あれはもっと話せない。話したら巻き込んでしまうだろう。

「そうですか。でも、他はたいしたことではありません。自分でなんとかできる程度のものです。ご心配をおかけして申し訳ありませんでしたね」

カロージェロは再び謝罪をする。

ジーナには、何も知らせず、幸せでいてほしい。

彼女の罪は『逃』だ。……逃げることを罪だと思うほど、彼女は優しくけなげだと、カロージェロは思った。

　一方、ジーナは伝わらなかった、と思いうつむいて、

「……いえ」

と、小さく返事をした。

　過去のジーナなら、そこで引き下がっただろう。だが、ジーナは顔を上げ、カロージェロを真剣に見つめた。

「……もしも、何かありましたら、声をかけてください。いつでも話を聞きますから」

　あのころの自分とは違う。

　エドワードとともに、シルヴィアを支えていくと誓ったのだ。シルヴィアが治めるこの城塞で、家令を務めるカロージェロの悩みを晴らしたい。頼りなく思われていたとしても、何度も声をかければきっと心を開いてくれるはずだから、諦めない。

「……そうですね。そのときはお言葉に甘えさせていただきます」

　カロージェロは戸惑ったようだが、笑顔でそう答えた。

＊

　夜、町の大半の者が寝静まった頃に、その者たちはひたひたと城塞へ向かっていた。

彼らは、司法官長に雇われた掃除屋——暗殺者だ。

城塞の裏門——そこにかかる橋から、次々と城塞の中へと侵入していく。

途中、二手に分かれ、数人が別の方向へ向かった。

導かれるように進んでいくと、使用人用の通用口を発見する。

「——こっちにも通用口があったか。ならば、無理してあちらから入ることはなかったな」

「しかたがない。この城塞の情報はまったくないんだ。しかも、町側は見晴らしが良すぎて偵察には不向きだ。だが、帰りはこちらから出て船を使えば公爵領の関所は避けられるぞ」

と、仲間とひそめた声で会話していたとき、通用口の扉が開いた。

それは、ベールをかぶった神官——カロージェロだった。

カロージェロは、教会からの帰りだ。

頻繁にではないが、町の教会へ行き、神官長と会話をしている。

今日はその日だった。

カロージェロは、人の気配にいぶかしんだ。

油断しきっていた暗殺者は、人が入ってきたことで驚いてしまい、気配を隠しきれなかったのだ。

「——どなたです?」

カロージェロが声をかけつつ手に持つカンテラをかざす。

瞬間、暗殺者は動いた。

カロージェロの喉元めがけて暗器《あんき》をふるう。

――バチィッ！

間一髪《かんいっぱつ》、暗器に何かがぶつかり、金色の光がきらめいた。

「……【結界《バリア》】か」

暗殺者が舌打ちする。

結界は、カロージェロが聖魔術の中で一番得意としている魔術だ。

何せ、幼少の頃はいつも身の危険にさらされていたのだから得意にもなる。ほぼ無意識といっていいほど、瞬時に結界を張れるのだった。

実際、司法官長の魔の手を逃れたのも、川で溺れ死にしなかったのもこの結界魔術のおかげだ。

暗殺者は睨んでいたが、カロージェロも睨んでいた。

カロージェロは、エドワードかと思ったのだ。

邪魔な自分をとうとう殺しにきたのか、と考えたのだが、罪状が少し違うのでエドワードではないとわかった。

自分を殺す理由を持つのは二人。一人はエドワード。もう一人は……。

「……司法官長の依頼ですか。あの方、まだ罰せられていなかったのですね」

暗殺者はピクリ、と動いたが何も返さず、暗器をふるった。

別の者は火魔術を使う。

カロージェロの結界は両方の攻撃を見事に防ぎ、金色の光が舞い飛ぶ。

「火魔術は使うな！　目立ちすぎる！」

「どうせ皆殺しだ。人が集まればわざわざ殺して回る手間が省けるってもんだろ」

一人が火魔術を使った男を声をひそめて叱責《しっせき》したが、叱られた相手は残忍《ざんにん》そうに笑うだけだった。

カロージェロは信じられないというように暗殺者を見る。

「……正気ですか？　城主は若くして指名されたこの国の公爵令嬢ですよ？　彼女にかすり傷でもつけたら、確実に戦争になるでしょう」

カロージェロの指摘に、先ほどうそぶいた火魔術の暗殺者が嘲る。

「ハッ！　そんなことは依頼人が考えることさ。俺たちは、お前を殺して、邪魔する者も殺して、ついでに金を持ってそうな奴も殺すだけだ」

カロージェロは怒りを通り越して呆れたが、どうやらその考えはその者だけのようで、他の暗殺者は苦々しい表情をしている。

「……お前がおとなしく殺されてくれれば、他の者は見逃してやる。どうだ？」

もう一人が言うが、カロージェロは鼻でその提案を笑いとばす。

「いいえ。私がすべきことは、ここでの時間稼ぎです」

目立つ騒ぎになれば、ジーナが気づくはずだ。

彼女は頼りなくかわいらしい容姿をしていながら非常に活発で、乗馬服を着て馬にまたがり朝駆けなどしているのだ。

不穏な状況に気づいたら、シルヴィアの安全を第一に考え城塞から撤退《てったい》するだろう。

そもそもが、城塞に暗殺者を呼び込んでしまったカロージェロのせいなのだから、できる限り派手に時間稼ぎをしなくてはならないと考えている。

カロージェロは、エドワードが彼女たちを囮《おとり》にして自分だけ逃げようとしませんように、と祈りつつ、結界で敵の攻撃をしのいでいった。

余裕そうに見せていたが魔力はさほど多いほうではない。そして、神官なので使用人が懺悔をしたいといえばそれを聞き、贖罪を促し、浄化する。

一日の最後、すでにカロージェロの魔力は限界にさしかかりつつあった。魔力を多く使う【結界】なら、なおさらだ。

カロージェロの結界は、夜明けまではもたない。

カロージェロは逃げつつかわしつつ、暗殺者に追い詰められていった。

神よ、ジーナさんとシルヴィア様をお守りください——と祈り、覚悟を決めたとき。

カロージェロに襲いかかる暗器を黒い影がはじいた。

「!?」

弾かれた暗殺者が驚き、現れた黒い影を見た。

「――カロージェロさん！　エドワードさんのところへ向かってください！」

黒い影は、ジーナだった。

ジーナは、二本のショートソードを持ち、乗馬服を着ている。

夜中になぜそんな格好を、と疑問に思いつつも、カロージェロは動揺しながら叫ぶ。

「ジーナさん!?　危険ですから、早くシルヴィア様のもとへ向かい、シルヴィア様とともに安全な場所へ！　ここは私にお任せください！」

「任せられませんし、シルヴィア様にはエドワードさんがついています！　カロージェロさんこそ、エドワードさんのところへ向かい、安全を図ってください！」

むしろそれが怖いのだと、カロージェロは頭を抱えそうになる。

ジーナはエドワードを信頼しきっているが、カロージェロはシルヴィアの安否が気になりすぎて気が気でない。

シルヴィアの安否を確かめに向かいたいが、ジーナを放っておけない。

「私には、聖魔術の【結界】がありますから！」

「なら、そのまま張っておいてください！」

そう叫び、ショートソードをふるっている。

攻撃がやんだのでカロージェロの魔力はギリギリもっているが、あと数回しか結界は張れない。


カロージェロはハラハラしつつ、どうしたらいいのかわからずにジーナを見守っていた。

なぜここに現れ、助けてくれたのか。

――いや、あれだけ騒いでいたのだ、ジーナはシルヴィアをエドワードに任せて様子を見に来たのだろう。そうしたらカロージェロが襲われていて、助太刀《すけだち》に入ったのだとカロージェロは考えた。

「ジーナさん！　私のことはいいのです！　どうか、シルヴィア様を！」

「そういうわけには……いきませんっ！」

ジーナはカロージェロに反論しつつ、暗殺者たちと激闘を繰り広げた。

力量としてはほぼ互角《ごかく》か、ジーナがわずかに上回っていた。

……ただ、覚悟とは違う「人を殺す勇気」がジーナと暗殺者では違っていた。

ジーナは模擬《もぎ》戦でエドワードと戦ったり魔物を狩ったりしていたが、対人戦は初戦闘だ。

エドワードには、

「決してためらうな。ためらったらシルヴィア様に危害を加えられる」

と、真剣に諭されている。だから覚悟を決めてはいるが、やはり人を殺すとなると覚悟とは違うものが必要なのだった。

できる限り致命傷を避けつつ戦闘不能にするべく立ち回っているのを、暗殺者の一人が悟った。

急に、ジーナの前に躍《おど》り出て、無手《むて》で煽ったのだ。

「ほーぉら。俺を殺してみろよ、お嬢ちゃん」

「!?」

ショートソードをふるおうとしたジーナは一瞬躊躇《ためら》ってしまった。

それが、命取りだった。

背中に暗器が刺さる。

「ッ！」

ジーナは間一髪で身体をひねり急所を外したが、今度は煽った男が火魔術を放つ。

「ジーナさん!!」

カロージェロが魔術を放ったが、ほんの少し遅く、炎の攻撃を受けてしまった。

ジーナは霞《かす》む意識の中で、エドワードが真剣な顔で、

「君に何かあったら、シルヴィア様も、もちろん俺も悲しむ。悲しませないように、それ以外を文字通り斬り捨てていってくれ」

と言ったこと、シルヴィアが無表情に魔物を瞬殺するのに驚いたジーナに言った、

「みんなを傷つけるやつはゆるさないです」

というセリフを思い出した。

――私は、覚悟していたと思ったのに覚悟していなかった、ここで死んだら、シルヴィア様とエドワードさんが悲しむ――。

足をふんばり、目を見開き、左手のショートソードで追撃を防ぐ。

ニヤニヤと笑っている男の喉笛を、右手に持つショートソードで切り裂いた。

自分が切られたのがしばらくわからなかったニヤニヤ笑いの男は、血を噴き出しつつ、

「殺せたのかよ……」と唇を動かしながら、仰向けに倒れていった。

舞うように回転し、さらに一人仕留める。

だが、先ほど背中に暗器を投げつけた暗殺者が、ジーナの足に暗器を投げつけた。

太ももに刺さり、ジーナがバランスを崩して倒れる。

「ジーナさん！」

カロージェロは結界の魔術を放とうとして――魔力切れでカロージェロも倒れる。

「――手間を取らせやがって！」

暗殺者がジーナに向けて暗器を振りかぶろうとしたとき。

『――風よ、すべてを切り裂け！』

詠唱が聴こえ、暗殺者は殺気を感じて身をひねった。

とたんに風魔術の【風刃《ウインドカッター》】が襲いかかり、暗殺者は身をひねって躱《かわ》したはずなのに何ヶ所も斬られたのだった。

躱していなかったら、バラバラに切り刻まれただろう。

倒れ込みつつそちらに目を向けると、全身血まみれのエドワードが恐ろしいほどの殺気をまとい、残りの暗殺者に襲いかかる光景が映った。

一瞬にして、ジーナを殺そうとした暗殺者は不利を悟った。

エドワードから、桁違《けたちが》いの強さを感じたのだ。

その血まみれの姿は恐らく殺された仲間の返り血によるものだ――そこまで考えると勢いをつけて起き上がり、倒れたジーナにもカロージェロにも目をくれず通用口にまっしぐらに走り、通用口から滑《すべ》るように出ると扉を閉めた。そして素早く把手《とって》に暗器を差し込み容易に開かない細工を施すと、ひたすら走った。

「……くそっ！　わりに合わないぞ、あんな化け物がいるなんて聞いてない！　チームが全滅じゃないか！」

そう吐き捨て、これからについて思案しながら隣国へ逃げていった。

カロージェロは、ジーナを助け起こしつつ必死に声をかけるエドワードを朦朧《もうろう》としながら見た。

見損なっていた、と思った。

演技かもしれないと思ったが……あの血は、敵を倒して浴びた返り血だろう。

さらに、あの殺気。暗殺者がターゲットである自分すら殺さずに逃げの一手をとるほど、エドワードは鬼気《きき》迫《せま》っていた。

突然、エドワードはギロッとカロージェロを睨んだ。

「おい！　お前は神官だろ!?　聖魔術が使えるなら、ジーナに【回復《ヒール》】をかけろよ！　お前を助けてこんな大怪我を負ったんだぞ！」

叫んだエドワードに、カロージェロはかすれた声で返した。

「……そうしたい、のです……が……。魔力、が……尽きています……」

「……肝心《かんじん》なときに使えねぇ……！」

エドワードは激しく舌打ちすると、ジーナを抱き上げた。

「お前は後回しだ。先にジーナを運ぶ。……そのまま放置したいのはやまやまだけどな！」

そう吐き捨てるとジーナを抱えて城の中に入っていった。

大股で、かつ揺らさないようジーナをベッドまで運び、寝かせると、治療するためにエドワードが服を脱がせる……というか引き裂いていく。

後日ジーナに「肌をさらした責任をとれ」と言われたら甘んじて受けよう、などと場違いなことを考えつつもテキパキと手当てを進めた。

シルヴィアは起きていたが、ジーナの惨状を見て仰天し、見る間に涙が膨れ上がり、声を出して泣き始めた。

エドワードはあやしてやりたかったが、それどころではない。

騒ぎを聞きつけてやってきた使用人たちに、エドワードが指示をする。

「賊《ぞく》が襲ってきた。ほとんど返り討ちにしたがジーナが重傷を負った。……通用口付近にカロージェロが倒れている。単なる魔力切れだから、肩を貸して部屋まで運んでやってくれ。あと誰か、神官長を連れてきてくれないか」

「「はいっ！」」

青い顔をした使用人たちが飛び出していく。

エドワードは、こき使われ、いろいろやらされていたことに感謝する日が来るとは思わなかったな……と、感慨《かんがい》深く思いつつ、ジーナの手当てを進めていった。

手当てが終わって少し経った後に、使用人に引っぱられて神官長がやってきた。

「夜分に申し訳ありません。ですが、賊に襲われ、侍女のジーナが重傷を負ってしまったのです。どうか治療の魔術をかけてもらえませんか」

エドワードが深く頭を下げると、神官長は「頭を上げてください」と手で制した。

「もちろん、全力を尽くしましょう。ですが……私はさほど魔力が多くも強くもないのです。多少の改善は見込めますが、全快は無理だと考えてください。……そうですね、今まで骨折で回復の魔術をかけたことがありますが、後遺症をもたらさなかった、くらいで、治るスピードは多少速かったという程度でした」

そこまで言うと、エドワードの姿を見て苦笑する。

「――ジーナさんは私が看《み》ています。ですので、服を着替えてきたらいかがでしょう？」

エドワードは頭を上げると、自分を見下ろした。……確かに、血がこびりついてひどいありさまだった。

泣いているシルヴィアをなだめるようにそっと撫《な》でると、

「……着替えてきますね」

と、声をかけて浴室へ向かった。


エドワードが湯あみをして衣服を着替え出てくると、泣き疲れたシルヴィアがジーナの寝ているベッドに突っ伏していた。

神官長がエドワードに気づいて一礼する。

「魔術による火傷《やけど》の方は、多少効果がありました。毎日回復の魔術をかけていれば恐らく痕《あと》は残らないかと思います」

「……そうですか。よかった……！」

エドワードは大きく安堵の息を吐いた。

神官長は、エドワードの様子に微笑みつつ付け加える。

「私よりもカロージェロの魔術のほうが効果が高いので、次からはカロージェロにかけさせましょう」

とたんにエドワードは顔をしかめてしまった。

神官長は、一連のエドワードの様子を見て、彼の危険度はやはり理由を聞かないと判断できないと感じた。

彼は、わかりやすい。

そして、仲間想いだ。

賊は間違いなくカロージェロを狙った者だろう。

その賊を、エドワードはあの有様になるほどに戦って退けたのだ。

カロージェロも魔力切れを起こしているが無事だそうだし、ジーナの手当ても、多少医療の心得のある神官長が見ても完璧だった。

彼は、人を助けるための心得がある――それこそが彼の優しさだと神官長は悟ったのだ。

神官長はエドワードに苦笑を向けると、諭すように言った。

「エドワードさん、貴方はカロージェロを信用しておられない。――ですが、カロージェロはこの城塞で働く一員のつもりですし、シルヴィア様への尊崇《そんすう》の念は怖いほどにあるのです。ですから、お二人で腹を割って話し合うことをお勧めいたします。事情はわかりませんが……今回のジーナさんの怪我の原因も、そのあたりにあるかもしれないと私は感じました」

エドワードはまた、わかりやすく驚きと衝撃を受けた顔をする。

「ジーナさんの容態は落ち着いたようですので、私は一度カロージェロの様子を見に行きますね」

神官長が一礼して去った後も、エドワードはジッとジーナとシルヴィアを見つめていた。

その瞳は昏く澱《よど》んでいた。

カロージェロが目覚めると、そこは自室で、そばに神官長が座っていた。

「目覚めましたか？　魔力切れということですが……他に怪我はありませんか？」

カロージェロは、なぜ自分が寝ていたかを思い出し、慌てて身を起こす。

「私は無事です。それよりも、ジーナさんが……」

神官長はカロージェロを手で制す。

「ジーナさんは一命を取り留めました。エドワードさんがこれ以上ないという手当てをし、完璧な指示を出したおかげですよ」

カロージェロはエドワードの名を聞いて、エドワードそっくりに顔をしかめた。

そんなカロージェロを見て、神官長は呆れたようにヤレヤレと首を横に振った。

「まったく、貴方がた二人は……。いいですかカロージェロ。貴方も神官であるならば、相手に歩み寄りなさい。貴方は罪が見える。ですが、貴方自身が罪を裁いてはなりません。私たちは、法を司るものではなく、罪を抱える者を導く者なのです」

カロージェロがぐっと詰まった。

まさしく正論だ。

罪を裁きたいなら司法の道へ進むべきだったのだ。聖職者になると言いながら己の目に映る罪人を裁こうとするのは、明らかに矛盾しているだろう。

神官長はさらに説教する。

「エドワードさんと話し合いなさい。貴方がた二人は、そっくりの顔で互いを悪人だと思い込み厭《いと》っています。そもそも、エドワードさんは護衛騎士です、神官が突然訪れて家令をやりだしたら警戒するのは当たり前でしょう？　――いいですかカロージェロ、貴方が歩み寄り、ちゃんと弁解し納得させ、そして罪について語りなさい。……言い過ぎかもしれませんが……貴方がた二人のいがみ合いによる対話不足、理解不足が、ジーナさんの怪我につながったのではないですか？」

それを聞いたカロージェロは、天啓《てんけい》を得たような反応をした。

目を見開き、宙を見据える。

神官長はカロージェロの様子をいぶかしみながらも、

「……ジーナさんへの回復の魔術はカロージェロに任せます。毎日かけていれば傷痕は残らないでしょう。あと、ジーナさんが目を覚ましたら必ず礼を言うのですよ。それから……気が進まない気持ちはわかりますが、今回の件も含めて、エドワードさんに貴方の過去を話しなさい。場合によっては城主であるシルヴィア様に頼み、隣国に訴え出てもらうしかありません。これは、下手をしたら国同士の戦争につながることです」

最後にそう説教して、カロージェロの自室を出た。

＊

「エドワードさん、お話があります」

カロージェロにそう声をかけられたエドワードは、無視しようかと思ったがゆっくりと振り向いた。

「……貴方も知っての通り、賊の襲撃があって非常に多忙なのですが。なにせ、戦える者が私一人になってしまったので」

エドワードとしては、お前のせいだと罵《ののし》りたい。

賊は隣国の暗殺者で、カロージェロを狙ってやってきたのだ。

そのせいで大事な仲間が重傷で現在意識不明ときたら、カロージェロを城塞から叩き出し、ラッピングして賊に贈りつけてやりたいとも考えてしまうほどだ。

だが、ジーナの治療には聖魔術の【回復】がいる。そして、神官長よりもカロージェロの方が魔術の効果が高いときた。だから激情にかられるままふるまうのを耐えている。

当のカロージェロはといえば、逆にお前のせいだと言わんばかりにエドワードを睨みつけていた。

「……私は、司法の道を選んでいなかったことをこれほどまでに悔やんだことはありません。ですが、そんなことは関係ない。貴方を断罪します」

「ハッ！」

カロージェロのセリフを聞いてエドワードは鼻で笑った。

「お前、まさか賊を殺したことを罪だとか抜かすつもりか？　――なら、お前はおとなしく殺されておけばよかったんだよ！　そうしたら、ジーナがあんな目に遭わずに済んだんだ!!」

エドワードは大声で罵った。

近くにいた使用人たちが驚いて立ち止まり、対立する二人を凝視する。

エドワードの罵りを聞いたカロージェロは、チラリと使用人たちを見た。神官としては罪を周囲に知らしめるような真似をするのは良くないとわかっているが、カロージェロもかなり感情的になっていてもはやその配慮をする余裕などない。

ぞくりとするほどに美しい蔑みの笑みを浮かべ、エドワードに告げた。

「そんなことは思っていませんよ。私が問うのは、貴方の過去の罪と、今回の罪です」

ピクリ、とエドワードの頬が微かにひきつった。

「貴方は過去、王家の近衛騎士団《ロイヤルガード》に所属していた。なのに、守るべき王族を害そうとして投獄《とうごく》され、最終的に騎士団から追放され、家からも除籍《じょせき》されていますね」

カロージェロの問いに、エドワードは荒《すさ》んだ笑みを浮かべる。

「……あぁ、公式ではそうなっているのか。で、その公式発表を鵜呑《うの》みにしたお前は、勇者が宝剣を抜き魔王に振りかざすかのように、俺を断罪しようってワケかよ！」

カロージェロはエドワードの口調に笑顔を消して眉根を寄せた。

まったく悪びれていないし、裏があるという含みを持たせている。しかし、カロージェロに対して弁解する気はなさそうだ。

それが本当かどうかわからない――いや本当だろうとカロージェロは考え直した。

なぜなら、カロージェロの断罪を聞いたエドワードが少しホッとしたような顔をしたからだ。

彼の罪は、それではない。

だが、カロージェロが告発したことで彼の罪はさらに重くなった。彼の罪の文字がよりいっそう滴るような赤く太い文字で記されているのが見える。

彼は、何らかの罪を意識している。

「一神官であり、この町にずっと留まっていた私が数少ない伝手を使って調べられたのはそこまでです。ですが……私にはわかります。貴方はさらに罪を重ね、そして——今回も犯した」

ピクリ、とエドワードの頬がまたひきつる。

「ここは城塞です。暗殺者がいくら手練《てだ》れとはいえ、そうやすやすと侵入することができるのはおかしい。実際、町の門や関所はきちんと管理されていて、怪しげな賊が通ろうものなら、即、町中に広まります。なのに、なぜ簡単に賊が侵入できたか。……手引きした者がいる」

カロージェロはエドワードを見据え、指を突きつけて言った。

「……貴方が手引きをしたのだ、エドワード！」

カロージェロは、神官長と話していたときに気付いたのだ。

エドワードは、カロージェロを警戒している。もっと言うなら嫌っている。

そして、護衛騎士兼側近であるエドワードが、城塞の防衛を怠《おこた》るわけがない。もしも怠ったとしたら、それは故意にだ、と。

エドワードは口を開きかけ、また閉ざした。

弁解しようと思えばたやすい。が、エドワードはカロージェロに弁解する気などなかった。

それに……結果として、それは当たっていた。

「それほどまでに私を消したかったのですか!?　だとしても、城塞に賊を呼び込むなどというような危険極まりない手段に出ることはなかったでしょう!?　そのせいでジーナさんはひどい怪我を負ったのですよ！　優しい彼女が人を見捨てるような真似ができると思ったのですか!?　そして……シルヴィア様に万が一のことがあったら、どうする気だったのですす!?」

カロージェロがエドワードをなじると、エドワードは初めて痛いところを突かれたように顔を歪《ゆが》めた。

そして、何も言わないまま背を向ける。

「お待ちなさい！　エドワードさん、話はまだです！」

カロージェロは怒鳴ったが、エドワードはそのまま歩き去った。


エドワードは、ジーナが休んでいる部屋に入ると、眠るジーナの耳もとにささやく。

「……――すまなかった」

そして、そばで眠るシルヴィアの髪をそっと撫でた。

「……私がいなくても、しゃんとしてくださいね。魔力があるからといって、使いすぎはダメですよ。私が言ったことを忘れないでください。シルヴィア様――」

エドワードは、シルヴィアの髪に軽く口づけると、部屋を出た。


――シルヴィアは、夢を見ていた。

ジーナとエドワードと、旅をしていたときの夢だ。

二人が優しく微笑んでいる。

だけど、二人とも、ちょっとさみしげな笑顔なのが気になる。

『どうしたですか？』

シルヴィアがそう問いかけると、エドワードが近寄ってきて、フワフワと自分の髪を撫でた。

『しゃんとしてくださいね、シルヴィア様』

なんだろう。

落ち着かない。

『エドワード？　どうしたですか？』

そう問いかけたとき、目を覚ました。

日の出間近なのか、うっすら明るくなっている。

シルヴィアは、いつもエドワードが寝ていたソファを見て、その後部屋を見回し、

「えどわーど？　どこいったですか？」

そう問いかけて扉を見たが、エドワードが現れることはなかった。

――そのときからエドワードは姿を消したのだった。

＊

「うわぁぁーん！」

「落ち着いてください、シルヴィア様」

カロージェロは困り果てていた。

エドワードが姿を消し、ジーナが倒れ寝込み、すべての責任がカロージェロの両肩にかかってきた。

どこかで望んでいたはずだ。シルヴィアをすべての罪から守るため、自分が実権を握りたいと。

だが、事実そうなったとき、泣きやまない幼児の扱いに困る男が出来上がっただけだった。

カロージェロが扱いに困り果てているのを見かねた使用人の女性が一人歩み寄り、シルヴィアを抱き上げた。

「ほらほらシルヴィア様、そんなに泣かない。ジーナさんはそのうち元気になりますし、エドワードさんもすぐ戻ってきますから」

「えどわーどがいないよー」

「大丈夫ですよ、ちょっとかくれんぼしているだけじゃないですか」

「でもでもー」

「泣きやんでしっかりしないと、戻ってきたエドワードさんに怒られますよ」

そんな会話をしながらあやした。

それを見ながらカロージェロは、自分に足りないものを痛感した。

あの罪深き男は、人心掌握《じんしんしょうあく》に長《た》けていた。

自分は、何よりシルヴィアに信頼されていない。

信頼していない男がいくらなぐさめようが聞き入れないし、そんな男がシルヴィアをすべての罪から守ることなどできはしない。

しかも、二人がいなくなったことでその仕事が降りかかってきた。

シルヴィアも泣きやまず使い物にならないため、カロージェロが東奔西走する。

いかに二人が優れていたのかを、カロージェロ自身が身をもって知らされたのだった。

多忙な中でもどんなに疲れていても、ジーナに【回復】をかけることは忘れない。

そうこうしているうちに、ジーナがなんとか意識を取り戻した。

シルヴィアは、泣きながらジーナに甘える。

「……ご心配をおかけしました……」

「じーなぁ！　えどわーどがいないよー！」

「……泣かないでください、シルヴィア様……」

意識が戻ったとはいえ、寝込んでいることには変わりがない。

「シルヴィア様。ジーナさんはまだ傷が治りきっていません。つらいでしょうから休ませてあげてください」

カロージェロが声をかけたが、ジーナはゆっくりと首を横に振る。

「……シルヴィア様の、好きなようにさせてあげてください……」

その言葉に、カロージェロは唇を噛《か》んだ。

ジーナが怪我を負ったのはエドワードのせいだと責めたが、どう考えてもカロージェロの責任だ。

むしろ彼は、城内でカロージェロを捜《さが》し回っていた暗殺者を殺して回っていたのだ。

そのことが、今、カロージェロの胸を締めつけている。

——エドワードは、呼び込んだと指摘したことに対して否定はしなかったが肯定もしなかった。彼の罪であるはずの『第三王子暗殺未遂』も否定しなかった。

そのこととともに、あの血のように鮮やかに記された彼の罪を思い出す。

……本当に、過去の事件が彼の罪なのか？

なぜ、黙って消えたのか。

罪は、意識の問題だ。彼は罪を意識している。

神官長は贖罪を促したが、「心当たりはない」と心から思っているように返した、と言った。それが恐ろしかったと言っていた。

そのときは「ホラみろ、そういう男なのだ」とカロージェロは内心吐き捨てたが、今、思い返せばおかしなことが多いのだ。

エドワードの罪の深さと言動はいろいろと矛盾していて、それがカロージェロの考えるエドワード像と噛み合わず、出てきた綻《ほころ》びが今になって謎めいてきている。

カロージェロの考えるエドワードなら、すべての責任をカロージェロに押しつけて町から追放するはずだ。

なのに、自分から出ていった。暗殺者は自分を狙っていたのに。

……今もなお、自分を狙っているのに……。

カロージェロはぶるっと震えた。

——一人、取り逃がしている。

その暗殺者は、依頼人である司法官長に「暗殺は失敗した」と伝えるだろう。そうしたら、さらに数を集めて襲ってくるのは容易に予想できる。

今となっては、本当にエドワードが手引きしたのかもわからない。もし仮に、手引きしたのではなく防犯面を預かっていたエドワードが暗殺者に忍び込まれた責任を感じて職を辞した、となると……。

再び襲ってきた暗殺者は城塞にやすやすと忍び込み、全員を暗殺するだろう。少なくともあの男は、勇猛《ゆうもう》さだけは本物の護衛騎士だった。

その男が今、ここにいない。

「出て行くべきは、私だった……」

カロージェロは激しく後悔した。

シルヴィアが今後罪に塗《まみ》れようとも、それは生きていればこそだと、心から思った。

……ようやく神官長の言っていた真の意味を理解できた。

シルヴィアとジーナに生きていてほしい。それには、狙われているカロージェロが城を出るしかない。

カロージェロは今すぐ城から立ち去りたいと考えていたが、エドワードが不在、かつジーナが倒れている。

今、この城塞を支えているのはカロージェロなのだ。少なくとも、ジーナが完全復活するまでは絶対に無理だった。

しかたなく暗殺者対策として、メイヤーに城塞が襲われたことを伝え、隣国へ抗議文を出してもらった。

次に、一時的に橋を上げたままにして人の往来をシャットアウトしてもらったのだが、城塞裏門の橋は下りたままだ。そちらから忍び込まれる可能性がある。

裏門の橋を上げようとしたのだが、どうやっても上がらない。

ジーナに尋ねたら、

「……シルヴィア様の許可がないと上がりません……」

と言われた。

「シルヴィア様。賊の侵入を阻《はば》むため、裏門の橋を上げてもらいたいのですが……」

カロージェロはジーナのそばにいるシルヴィアに頼んだが、

「えどわーどがもどれなくなるからだめー」

と、聞いてもらえない。

「怖い人たちがまた襲ってきます。エドワードさんがおらず、ジーナさんも寝込んでいるので、次は防ぎようがありません。侵入させないようにしたいんです」

「だめー」

説得を試みたが、シルヴィアは頑として受け入れない。

カロージェロはシルヴィアの説得を諦め、自ら裏門の番をすることにした。

今は裏門からしか暗殺者は来られない。ならば、自分を見つけたらすぐ始末して立ち去るだろうと考えたのだ。

エドワードの強さは、暗殺者の生き残りが語っただろう。自分を殺したらエドワードに見つかる前に撤退するはずだ。

覚悟を決め、カロージェロは徐々に滞りはじめた仕事をこなしつつ、裏門の近くの部屋で寝泊まりした。


一方、エドワードは、泣きながら自分の名を呼ぶシルヴィアの声に、日夜さいなまれ続けていた。

【支配】と【契約】の効果は伊達ではなく、どれほどに離れていても聴こえてくる。

――今すぐ戻って抱きあげ、あやしてやりたい。

――しゃんとしろと言っただろうと、甘い声で叱りたい。

その葛藤でおかしくなりそうになりながらも、エドワードは戻れなかった。

カロージェロの指摘は、正しかった。

エドワードが暗殺者たちを誘導し、呼び込んだのだ。

あのときは、それが最善の策だと考えていた。だが、いろいろうまく行かず、ジーナが死にかけた。

おまけに一人取り逃がしてしまった。

残った暗殺者は、エドワードのことを依頼人に話すだろう。そうなったら、あのままシルヴィアのもとにはいられない……。

「シルヴィア様……」

苦悶しながらも、エドワードはシルヴィアの前に姿を現すことへの誘惑に耐えていた。戻ったら、何もかもが台無しになってしまう。

「……覚えてろ、絶対に倍返しにしてやるからな……！」

エドワードは、自分をこんな目に遭わせている者への恨みを募らせた。

＊

司法官長は、掃除屋から隠し文《ぶみ》を受け取った。本人が報告に来なかったことをいぶかしみつつ読む。

「……失敗しただと……!?」

司法官長は激怒する。

本人が来なかったのは、失敗したことで司法官長に始末されることがわかっていたからだろう。

思わず手に持っていたカップを壁に投げつけた。

さらに腹立たしいことに、掃除屋は『報酬を上乗せしろ』と書いてきているのだ。

どうやら、隣国のその僻地《へきち》を治めている城主の部下は、誰もがそうとうな手練れであるらしい。

侍女だと思われる少女に仲間を何人もやられ、その後に駆けつけた騎士は魔神のごとき強さでソイツにほぼ全滅させられたのだという。

他に何人いるかわからないが、そんな連中が何人もいる城塞に攻め込むのなら、こちらも手練れを多く投入しないと勝ち目はない。戦争した方が手っ取り早いだろう、と書いてあった。

業腹だが、掃除屋の要望を呑まざるを得ない。

適当にでっちあげて戦争をしかけてもいいのだが、問題はカロージェロだ。

いったん戦端を開いたら、その後は国同士の戦い、和平交渉も国同士になる。カロージェロがオノフリオ侯爵に見つかったら、当時の事件のこともバレるし戦争をしかけたのもバレて、自分は処刑されるだろう。

司法官長は大きく息を吐いて、気を落ち着けた。

「……連中が戦争を起こせばいい。全員をかき集めさせて攻めさせ、戻ってきたら戦争をしかけたことを理由に聴取なしで全員即刻死刑にすれば問題ない。何しろ、聴取も判決も決裁も、すべて私が行うのだからな。いくら金をふっかけられようが、銅貨一枚すら払わないのだから、いくらでも呑んでやるさ」

そうつぶやくと大声で笑った。

暗殺者のリーダーで唯一の生き残りであるヤンは、司法官長の手紙を読んで陰惨《いんさん》に笑った。

ヤンは、金がどうこうよりも自身のプライドを傷つけられて復讐《ふくしゅう》に燃えていたのだ。

小娘ごときに任務を阻まれ、仲間を何人も殺され、おまけに新たに現れた騎士に脅えて任務も達成せず尻尾《しっぽ》を巻いて逃げてきたのだ。今までそんなことは一度だってなく、達成率は百パーセントだったのに。

全員を召集し、「大金が入るぞ」と焚《た》きつけて隣国の城塞へ行き虐殺する手はずを整えた。

だが、決行前にある噂が飛び込んできた。

あの魔神のごとき強さを持った騎士が、城塞に賊が入り込んだ不始末を神官に責め立てられ、挙げ句、城塞から追い出されたという。

ヤンは半分無念に思いながらも半分胸をなで下ろした。

あれは別格だった。あんな騎士がゴロゴロいたらたまったものではないが、恐らくあの城塞の主力だろう。

あの神官バカじゃねーのか？　とも思った。

小さな結界を張るしか能がない、それも切れたら小娘に守られていた男が、自分を守った騎士を追い出した？　意味がわからない。

ただ、あの神官は貴族だという。

お高くとまって、平民をバカにして責任を押しつけたんだろう。元はといえば自分があの城塞に居座ったせいだというのに。

「事情が変わった。選別して人数を絞る」

と、ヤンは指示を変えた。

頭に血が上って、とにかく「戦争だ！」と、情報集め専門の者や新人まで投入しようとしたが、やりすぎだった。遠征《えんせい》は、人数が増えるほど費用がかかる。欲に目の眩《くら》んだ連中をなだめ、なんだかんだと理由をつけて、主要メンバー以外を減らした。

もともと暗殺者集団だ。戦争には向いていない。

だから、やみくもに人数を集めて仕掛けるより初回と同じように暗殺してまわるのが一番だと考えたのだ。

素早く手筈を整え出立《しゅったつ》し、旅芸人を装《よそお》って公爵領へ入った。

入国札は司法官長が用意したものだ。町の方の関所は閉じられてしまったらしいが、入ろうと思えば他にも関所はある。

そうしてひそやかに城塞へと向かっていき、情報を集め、あの騎士がいないことを確認し、再び決行した。

＊

カロージェロは、夜中に目を覚ました。

毎日激務に追われ、疲れ果てて夜は倒れ込みすぐさま眠っていたが、気を張り詰めているので神経は常に冴《さ》えている。

だから眠りが浅く、微かな物音や変化に敏感になり、すぐ目を覚ましてしまったのだ。

カロージェロは暗殺者たちが現れたことを悟った。

「今日までですか……」

ため息をつくと神官服に着替える。

なぜかふとジーナに挨拶がしたくなったが、首を横に振った。

「何も残さない方がいいでしょう。そうしたら彼女たちは何も知らないままです」

独《ひと》りごちると歩き出し、裏門へ続く扉をゆっくりと開ける。

「…………？」

外の様子を見たカロージェロは、眉をひそめた。

裏門の様子が変わっているように感じたからだ。

今日殺されるとわかって敏感になっているのか、暗殺者が潜《ひそ》んでいるからそう感じるのか。

カロージェロはいぶかしみつつ外に出て、扉を閉める。

と、そのとき、

『――きたか――』

『――手はずどおり――』

そんなささやき声が聴こえてきた。

それは、暗殺者の声だったのだろうが、なぜか聞き覚えのある声の気がした。

……カロージェロが最も嫌っている男の声によく似ている、そう考えてしまった。


暗殺者たちは橋を渡り、開きっぱなしになっている裏門から次々と侵入した。

ヤンは、裏門の中の様子が前回とは違うと首をひねったが、警備のための改築をしようとしているのだろうと深くは考えず、集まってくる仲間たちを見守った。

何事もなく全員が侵入したところで、ヤンは口を開く。

「ターゲットは美貌の神官だが、中の連中は皆殺しだ。そして、ここを俺たちの根城にしよう。……寂れた裏町の地下から出て、城を乗っ取るぞ」

全員が目をギラギラさせながらうなずいた。『掃除屋』と呼ばれる彼らは、後ろ暗い貴族からの依頼が絶えない。だが、誰からも尊敬されず逆に誰からも見下されていた。

正真正銘の野盗からすらも『コソコソと寝首をかくことしか能が無い飼い犬』と嘲笑されていたのだ。自分たちを見下していた連中を逆に城から見下したいという欲求は、胸の奥底で常にくすぶっていた。

ヤンが合図しようとしたとき、

「お待ちなさい」

と声をかけた者がいる。

全員が扉の前に静かに立つカロージェロを見た。

ふだんから美しかったが、死を覚悟しやつれたせいもあり、その美貌は息を呑むほどだった。

「私はここにいますよ。逃げも隠れもしません。とっとと私を始末して立ち去りなさい。――城塞を乗っ取るなど、戦争が起きますよ。本気で公爵家と、この国と事を構えるおつもりですか？　貴方たちの人数なら、国や公爵家が一個小隊を出して軽く殲滅《せんめつ》してしまうでしょう。……そのとき貴方たちの国の貴族が、貴方たち暗殺者を助けるとでも？」

カロージェロの静かな啖呵《たんか》に、全員が黙った。

ヤンの言葉に皆が昂揚《こうよう》したが、実際はその通りだろう。

依頼したのに、口封じとばかりにこちらに全責任を押しつけ、見殺しにするのはわかりきっている。

及び腰になったそのとき。

ゴゴゴゴ……という音がし、全員が音の鳴る方を振り返ったら、裏門の扉が動き、閉まろうとしていた。

全員が、呆気にとられた。

が、裏門にいち早く走りだした者もいる。

退路が断たれ、逃げられなくなると考えたのだろう。この橋が上がったら、この町に閉じ込められる。

町にも橋はあるしどうにかなると考える者もいたが、不測の事態が起きた今、素早く撤退するほうを選んだ者もいた。

だが、その判断は間違っていた。

扉が閉まる前に門を出た者はいたが、閉まりかけた扉を開けようと何人かが押し――。

「なんだこの扉!?」

「ダメだ、閉まる！」

「は、挟まれ――ギャアア!!」

扉が彼らの身体を切断したのだ。

裏門は閉じられた。

仲間が閉じ込められるのもかまわず走り出た者は正解かと思われたが、多少長く生きただけだった。

橋が回転し、渡っている者を崖にたたき落としたのだ。

崖下に落ちていく悲鳴が門の外から聴こえてきて、暗殺者全員が固まった。

カロージェロですら、何が起きたのかわからない。

「な、何がどうなって――」

「おい、壁を見ろ！」

誰かがそんな言葉を発し、全員が壁を見ると、槍《やり》が暗殺者へ穂先を向けて整然と並んでいた。

暗殺者たちはゾッとする。

その槍は、壁の上に直接並んでいた。まるで、無人で攻撃するかのように。

カロージェロも、違和感の正体がわかった。

壁が高いのだ。

形も微妙に違う。

以前はもっと、趣深い――と言えば聞こえはいいが、手入れがされていない朽ちたような壁だった。

ところが、現在の壁はいかにも城塞の壁、といった、綺麗で分厚い壁なのだ。

壁の上には整然と並ぶ槍が、月明かりに照らされ凶悪に輝いている。

その槍は何のために並び、次には何が起きるのかは、カロージェロも暗殺者も簡単に予想ができた。

「……うわぁぁああっ！」

誰かが叫び、壁に向かって走る。

死角は真下だと考えたのだろう。

だが、その槍は、四面すべてに並んでいる……。

全員の予想どおり、槍は暗殺者たちめがけて自動的に発射された。


カロージェロは呆然とその光景を見た。

これは夢か？　と考えたのだ。

夢にしては、血の臭いにむせかえりそうだ。

ほとんどの暗殺者は死んでいる。壁に向かって走り出した者は全員死んだようだ。壁際まで行って、むしろ避《よ》けられなくなったのだろう。

奇跡的に生き残った者もいた。

暗殺者ならではの察知能力と、自身のスキルや魔術で、攻撃をやり過ごしたのだ。

ヤンもその一人だった。

腕を貫かれたが、そんなもので済んだのは重畳《ちょうじょう》だ。

他は、頭を粉砕されたり胴体を何本もの槍でくし刺しにされたり足を縫いつけられたりしているのだから。

「……これはいったい……」

思わずつぶやいたカロージェロを、ヤンが睨む。

「……せめて、お前だけでも道連れにしなきゃ、腹の虫が治まらねぇよ！」

と、暗器を振りかぶり、カロージェロに襲いかかった。

カロージェロはあまりの惨状に頭がついていかず、ぼうっと立ち尽くしたまま、どこか遠くの出来事のようにヤンを見つめているだけだった。

ガキィン！

「――ホンットお前って男は、俺を邪魔してまわるよな！」

カロージェロを睨み怒鳴りながらも割り込み暗器を防いだのは、エドワードだった。

「お前はあのときの……！」

ヤンはギラギラとエドワードを睨みつける。そして、今回も仲間を壊滅させたのはこの男だと直感的に悟った。

「お前のせいでぇえ……！」

「それはコッチのセリフだこの雑魚《ざこ》野郎!!　死ね！」

エドワードは激昂して襲いかかってきたヤンを、逆ギレして一刀のもとに斬り伏せる。

ヤンは呆気にとられ、『なんでお前がそんなに怒ってんだよ？』と尋ねようとした。だが、声にできないまま息絶えた。

カロージェロは自失しつつ、憤怒《ふんど》の形相で後始末をしているエドワードをぼうっと見ていた。

エドワードは生き残りに、

「今回の件の詳細を知っている奴はいるか」

と、尋ね、知らない暗殺者は容赦《ようしゃ》なく斬り捨てた。

知っていると答えた者たちを冷酷に見下しつつ、宣告する。

「証言をするなら生かしてやる。証言をしない奴は言え、殺す」

エドワードの恐ろしさに震えた生き残りは全員「証言する」と答えた。

「……ならいい」

エドワードは生き残りを淡々と鎖で縛り、転がした。

「家畜の連中に頼めば見張りをしてくれるだろ」

と、つぶやくと、城に入り、本当に家畜を連れてきた。

「眠いだろうが、よろしくな。明日、シルヴィア様に頼んで美味しい餌を用意してもらうから。あ、コイツらが逃げだそうとしたら、頭をかち割るか目を潰すかしていいから」

と、まるで人に頼むように話しかけている。

家畜たちは、眠そうに鳴いた。

――ここまでをすべて一人で行ったエドワードは息を吐くと、ギロッとカロージェロを睨む。

「正直、お前なんかとは口も利きたくないが、シルヴィア様の護衛騎士としての役目を果たさなきゃならん。いいか、この襲撃の発端《ほったん》となったのはお前だ。シルヴィア様に面会して、すべてを話せ。話したくなければ即刻城塞から出て行け。シルヴィア様を信用できない奴が、城塞に留まるな！」

そう言うと、踵を返して城の中に入っていった。

十一章　決着

ジーナの傷は順調に回復して、もうほとんどわからないくらいだったが、「ここで無理して次の襲撃で万が一の事態が起きたらシルヴィア様を守れないだろうから」と、完全回復するまではおとなしくしていることにした。

寝る以外やることもないので、シルヴィアと一緒に過ごしている。

シルヴィアは、エドワードがいなくなったことで、情緒《じょうちょ》不安定になってしまった。

ジーナもいなくなったらと思うと不安で、ずっとそばにいる。

ジーナはそんなシルヴィアを優しく撫《な》でて笑いかけてくれた。

「もうちょっとですから、我慢してくださいね？」

「………うん。でもじーなといっしょにいる」

そう言ってくっつき、ジーナと一緒に過ごしていて、その日の夜もジーナと一緒に寝ていた。

……誰かが自分の髪を、フワフワと撫でている。

これは、この撫で方は……。

パチリとシルヴィアは目を覚ました。
そばにたたずむ大きな人影が目に入る。
「ようやく、後始末まで終わりましたよ、シルヴィア様」
ガバッと起き上がったシルヴィアに、ジーナも目を覚ました。
シルヴィアは文字通りエドワードに飛びつき、号泣《ごうきゅう》した。
「えどわーどぉ！　いなくてさみしかったよぉ～！」
エドワードもシルヴィアを抱きしめ、涙声で、
「俺がそばにいなくてもしゃんとしてください、って、言ったでしょう……？」
と叱った。
遅れてやってきたカロージェロが、その光景を見て立ち尽くした。
……あぁ、本当に自分は見誤っていた。
業腹だが、エドワードはシルヴィアを大切に想っている。
今までの何もかもが、シルヴィアのための行動だったのだ。
彼の罪はいまだに深く赤い。
だが、そこには相変わらず『殺』の字はなかった。
あれだけ人を殺してまわったのに、彼はそれを罪だと思っていない。
――つまり、エドワードという人物は、主君のためならば、なんの罪悪感も抱かずなん

でもやってのけるということだ。

本来ならばその思想こそ怖いのだが、カロージェロは逆に、彼の罪はシルヴィアとは無関係で、これからもシルヴィアのためならば罪を罪と思わず犯していく、それほどに主君思いだと安心したのだった。


落ち着いたエドワードが、起き上がり微笑みながら二人を見つめていたジーナに改めて謝罪をする。

「……俺の策が甘かったせいで、ジーナには大怪我をさせてしまった。本当にすまない」

ジーナは首を横に振って言った。

「謝らなければいけないのは私の方です。そもそも私がいろいろエドワードさんの言いつけを守らなかったから負った怪我なんです。カロージェロさんを説得できず、かといって見捨てることもできず、戦いにおいては相手を殺す覚悟もできず。……そのせいでエドワードさんに大きな負担をかけてしまいました」

カロージェロは二人の会話を聞いていて悟った。

エドワードは、確かにカロージェロが告発したとおり賊を招き入れた。だがそれは、一《いち》網《もう》打《だ》尽《じん》にするための策だったのだ。

「いや、そもそもソイツがコソコソ夜中に歩き回るから、あっちこっちに抜け道ができて策がうまくいかなくなっちまったんだよ！　さっきも、おとなしく寝ときゃ、よけいな真似をせずに済んだのによ……！」

エドワードがギロッとカロージェロを睨んだ。

それはなぜかというと、シルヴィアの魔術の性質によるものだった。

エドワードはシルヴィアに頼み、賊を殲滅しやすい場所に誘導するよう、城塞に細工してほしいと頼んでいたのだ。

シルヴィアは言うとおりにした。

『この城の人間じゃない者が夜中入ってきたら、そこに誘導するように他の道を塞ぐこと』

昼間はイレギュラーが多いし、まさか日の高いうちから大勢で殺しにかかってくるほど殺意と無謀《むぼう》さは高くないだろうと考えてだった。

だが、何も知らないカロージェロが、夜に城塞を見回っていた。

本人としては家令の役目であるし、エドワードを疑ってかかっていたので何か裏で動いていないかと警戒してだったのだが、カロージェロが歩き回ることで、シルヴィアの魔術が解けてしまったのだ。正確には、歩いた部分に穴が開き、通路が出来上がってしまったのだった。

殲滅しようと思ったら賊があちこちに逃げていくのでエドワードは追いかけて殺し回る羽目になり、それを知ったジーナが慌ててシルヴィアを起こし、

「シルヴィア様！　賊が入り込んだので例の作戦で集めようとしたのですが……賊が逃げ散っているんです」

と、尋ねると、

「……お城の人が夜中に歩きまわったです。それで、ふさいだ道をあけちゃったです」

と、眠い目をこすりつつ教えた。

歩き回った人間に心当たりのあるジーナはエドワードにそのことを伝え、部屋に閉じこもるようシルヴィアへ言い聞かせると、エドワードの制止を振り切ってカロージェロの保護に向かったのだった。

そんな魔術がかかっていたとは知らないカロージェロだったが、自分が夜中に見回っていたことがエドワードの策を破綻《はたん》させたことはなんとなく察した。

言ってもらえなければわからないとは思ったが、あの頃のカロージェロはエドワードはもちろん、ジーナが言ったとしても見回りはやめなかっただろう。

だから二人は言わなかった。

――エドワードは自分のように己の考えのみで行動しておらず、ジーナとシルヴィアと話し合って決めているのを、カロージェロは理解させられたのだ。

カロージェロは瞑目《めいもく》し、目を開くと唐突に三人に向けて語り始めた。

「私は、『照罪』という、人の罪が見えるスキルを持っています」

仰天するジーナと、眉根を寄せたエドワード。

カロージェロは、エドワードを見た。

「エドワードさん、私の目には久しく見たことのないほどの罪を、貴方が負っているのが見えます。大まかですが、かつての貴方は誰かを騙し、盗みを働いていた、それがわかります。……それで調べさせていただいたのが、貴方と最後に話したときに伝えた事件です。ですが……貴方自身、そのことについて罪を感じていないように見えます。また、貴方は神官長に懺悔を促され、心底心当たりがないといった様子だったらしいですね。……そんな貴方だから、私は危険を感じ、貴方をシルヴィア様から引き離したいと思ったのです」

ジーナは、カロージェロとエドワードの顔を交互に見つめた。

エドワードはそんな人じゃないとハッキリ言い切れる。

だけど、スキルは確かなのだろう。

ゆえにカロージェロは神官になったのだ。

聖魔術ではなく、スキルが彼に神官の道を歩ませた。人の罪が見える彼が、罪人にそれを告げ懺悔させるために。それがわかった。

エドワードは、あからさまに「何言ってんだコイツ」という侮蔑《ぶべつ》の表情でカロージェロを見た。

カロージェロの告白を聞いてそう思ったし、カロージェロを挑発する意味もあったが、カロージェロは乗ってこなかった。「弁解しろ」と言わんばかりにエドワードをまっすぐ見つめている。

エドワードは、チ、と舌打ちすると、カロージェロに向けて言った。

「俺は確かに詐欺を働いた。同じ騎士団にいた連中の金を盗んだ。で？　だからどうした。その前にその連中は、仕事を押しつけ金を借りて返さず、俺をさんざん利用した挙げ句、俺を冤罪で陥れた。詐欺にかけてやった奴も、俺を舐《な》めて利用しようとしてきた連中だ。俺がやったことが犯罪なら、他の連中も犯罪だし、なんならお前がやったことも犯罪だろう？　お前は主君にまで己の素性を隠しこの城塞に危険な人物を呼びよせた。それは罪じゃないのか？」

そう問いかけ、さらに言い募る。

「俺は、過去の事件を伝えたし、今回の件だってちゃんとシルヴィア様に話して許可を得た。ジーナにも事情を説明していたから、ジーナはお前を守るために賊に立ち向かい大怪我したんじゃないか。俺にとっちゃ、シルヴィア様にとって危険なのはお前の方だ」

エドワードの指摘を受けたカロージェロは、ジーナが何度も「頼りないかもしれませんが、私でよかったら事情をお話しいただけませんか？」と、繰り返していたことを思い出した。

もしもカロージェロがジーナを頼っていれば、エドワードももう少しやりようはあったのだ。

カロージェロは、エドワードはもちろんジーナのことも信頼しておらず、だからエドワードも、カロージェロにはいっさい作戦を打ち明けなかった。

エドワードは、カロージェロに説明を始めた。

「俺は、お前が隣国の貴族の子息で犯罪に巻き込まれこの町に流れついた、ってことを洗い出しているんだ。橋ができて開通したことで、隣国との交流が盛んになった。お前の目立つ容姿について隣国に噂が流れたら、ヤバそうな連中がお前を暗殺しに城塞へ押しかけてくる、って結論に行き着いて頭を抱えたよ！」

エドワードは、カロージェロの眼前に指を二本立てて突き出した。

「だから俺は策を二つ練った。一つ目は、暗殺者がもしもやってきたら一網打尽にして、時間を稼いでその間に俺がシルヴィア様の名代《みょうだい》で隣国と交渉する、ってのだ。一人でも取り逃がしたら余裕がなくなるどころか相手はさらに戦力を投入してくるだろうって危険はあったが、普通なら失敗はしないはずだった。――で、お前が事情を語らなかったどころか策をめちゃくちゃにしてくれて、失敗したわけだ！」

カロージェロは、自分の何が失敗につながったのか尋ねたかったが、やめておいた。エドワードがより怒り狂いそうだ。

思い出して腹を立て始めたエドワードは愚痴《ぐち》る。

「こちらの戦力は俺一人だ。ジーナも戦力だったがお前を助けるために大怪我を負った。向こうはそんなことは知らないだろう。だから次は大規模な侵攻をしてくるかもしれない。そうなったらさすがに俺一人じゃどうにもならない。城塞に立てこもるって手は、援軍が期待できるからだ。だが、援軍なんかいくら待っても来やしねぇんだよ！」

最後を吐き捨てた。

全員がエドワードの立腹に呆気にとられているのを感じたエドワードは深呼吸し、腕に抱えるシルヴィアを撫でて少しだけ気を落ち着け、続きを話す。

「……そうなりゃ仕方ないから次の策だ。俺がこの城から消えれば連中も脅威《きょうい》が一つ消えるだろう。それでも大軍を送ってくるかもしれないから、公爵領のあちこちに噂を流すことにした。『隣国の動きがキナ臭い』ってね。そうすりゃ、目立つほどの大人数を送り込んできたら即座に公爵家の婿殿であらせられる魔獣討伐筆頭魔術騎士サマが、自ら先陣を切り討伐してくれるだろうからな」

カロージェロは、エドワードの深謀《しんぼう》を唖然として聞いていた。

そこまで考えているとは思わなかったのだ。

情報通であるし、その使い方にも長けている。

エドワードの話はまだ続く。

「だから俺は、シルヴィア様の前から姿を消すしかなくなった。城を出て、情報を流し、潜伏《せんぷく》するしかなかった。……確かに、俺が姿を消してもシルヴィア様が平然とされていたら嫌だったけどな、ずっと泣き通しで俺の名前を呼ばれ『出てこい』って言われ続けてたのがどれだけ苦しかったかわかるか？　俺はシルヴィア様から魔術をかけられている。裏切ってなんかいないし潜伏していただけだったんだけどな、それでも泣きそうなほどつらかったんだぞ！」

シルヴィアを腕に抱えたままキレるエドワードを、ジーナが呆れた目で見ていた。

ジーナは、大の大人のくせにそんなに離れがたかったのか、姿は見せないにしろシルヴィアを見守っていただろうに、と思ったが口には出さなかった。

カロージェロは、自分が危惧していたことはまったくの杞憂で、むしろカロージェロこそ独断で行動し彼らのチームワークを壊していたことをハッキリと理解した。

神官長の顔が浮かぶ。

カロージェロの頑迷さに、いつも手を焼かされていた神官長。

迷惑をかけているのはわかっていたが、なぜ神官長がそれほどに困り頭を抱えているのかはわかっていなかった。

今、エドワードに生死がかかった問題として突きつけられ、深く反省した。

カロージェロは、憑《つ》き物が落ちたような顔をすると、戸惑う三人に深く頭を下げた。

「私の勝手な思い込みと独断で、生死のかかった危険にさらしてしまいました。本当に申し訳ありません」

エドワードはイライラと黙った。

エドワードにとってシルヴィアは、自分の命よりも大事な主君であり、生涯守ると決めた相手だ。

ジーナは、その主君をともに守り仕えようと約束した相手で、シルヴィアの家畜よりも軽い命であるカロージェロなんかをかばい、死ぬかもしれない大怪我を負わされたのだから、頭を下げたくらいで許す気などない。

……だが、ジーナは許すだろう。

シルヴィアに至っては、どうでもいいと思っているに違いない。

シルヴィアに、「俺がそばにいられなくなったのはカロージェロのせいです」と進言したい誘惑にかられていると、

「エドワードさんの采配のおかげでうまくいきましたから、これで終わりにしましょう。ね？　エドワードさん」

と最大の被害者であるジーナに同意を促され、エドワードはギリギリと拳を握りしめな

がらも、うなずくしかなかった。

＊

数日後、隣国から先触れが到着した。エリゼオ男爵とオノフリオ侯爵が城塞にやってくるという。

これはエドワードの策の一つで、両家に『十数年前、隣国から流されてきたと思われる美貌の少年が、現在は神官となり城塞に勤めている、どうも何かに脅えている様子の上、城塞に隣国の暗殺者と思われる者たちからの襲撃があった』という密告文を送っていたのだ。仰天した両家はすぐ話し合い、司法官長に知られないように手を打ちつつ、カロージェロが本物か確かめに城塞に向かったのだった。

エドワードは、最低限のマナーをシルヴィアに叩き込みつつ歓迎する準備を整える。

カロージェロも、エドワードが仕切ることに片眉はあげつつももう反対はしなかった。よくよく観察すると、「苦労性ですね、この方は。なんでもかんでも引き受けてしまう性分《タチ》です。それがバレたらさぞかし利用されまくるでしょうね」ということがわかったからだった。

さらにその数日後、エリゼオ男爵とオノフリオ侯爵が城塞に到着した。

二人を歓迎する体裁をなんとか取り繕い、エドワードはひと息つく。

シルヴィアには、最初の挨拶だけしっかりやれ、あとはうなずいておけば自分が相手をするからと言ってある。

幸いにして二人はシルヴィアの付け焼き刃もいいところのマナーと棒読み挨拶はまったく気にせず、カロージェロの行方ばかりを気にしていた。

良い父親に恵まれてけっこうなことだな、と内心吐き捨てつつもエドワードはにこやかに対応する。

カロージェロと対面すると、三人はすぐに相手を認識した。

カロージェロは、幼少の頃は母親の方の顔立ちが強く出ていたが、青年になった今では父親であるオノフリオ侯爵に似てきていた。親子であることは誰の目にもわかってしまうだろう。

そして、エリゼオ男爵もカロージェロも、長年過ごしてきた相手を忘れていなかった。

「大きくなったな！　相変わらずの美貌だが、幼少期ほど危険はなさそうだ」

「父上は老けましたね」

などとすぐに打ち解けて軽口を叩いている。

その後、カロージェロは真剣な顔で、十歳のときに起きた事件を話し、侯爵と男爵は、自国ではどういう事件として処理されていたかを語り合う。

三人は長い時間協議し……カロージェロは帰国することになった。

オノフリオ侯爵は会談が終わるとエドワードに、

「わが侯爵家が責任を持って司法官長を処罰し、ヒューズ公爵家にも謝罪を行う」

と明言してくれた。

それを受けたエドワードは、

「公爵家への謝罪は不要です。被害も最小限に抑えましたし、当主の手を煩わすことはありませんでしたから。……ですが、彼を救助し保護していた住民と、現在復興中のわが城塞への援助、そして……。今後、両家とシルヴィア様個人との交流をお願いしたいのですが、どうでしょう」

そう交渉した。

さらに、「非常に心苦しいのですが……」と言いつつも、カロージェロのやらかしによる、エドワードとジーナへの個人的慰謝料《いしゃりょう》も頼んだ。

今回の件で、エドワードは個人資産をかなり減らしてしまった。金をばらまいたようなものだ。

その、使った金の補填《ほてん》を頼んだ。

見栄もあって、シルヴィア《幼女》に援助を頼むのは嫌だった。

城塞で暮らしていると個人資産が手に入りにくい。なんでも手に入るが金だけはなかなか入ってこなかった。

給料計算は数字に強いエドワードがやっているのだが、現在は入りが少ないため最優先である従業員の給料を払うと、エドワードもジーナもほとんど給料が入ってこない。

実はカロージェロの給料すらも、「私は神官ですので、教会から出ます」という言葉に甘えてほとんど払っていないのだった。

なので、切実にエドワードは慰謝料をもらいたい。

ジーナへは、カロージェロをかばって怪我をしたのだから慰謝料をもらって当たり前だと考えている。

とはいえ、さすがに質素倹約《けんやく》をモットーとしている神官からは金をむしり取れないので、その後ろに控えている金持ちの親からむしり取ろうと考えたエドワードだった。


話はまとまり、侯爵が関所付近で待たせていた私兵団に生き残りの暗殺者を引き渡した。

家畜たちは言いつけをキチンと守り、逃亡を図ろうとした賊を蹴り殺したり爪で引き裂いたりしたため、生き残りはさらに半数近くに減っていた。

残ったのは、賢明《けんめい》な判断を下した者たちだ。生き延びるため、今まで司法官長に使われていたことや今回の依頼の件も気持ち良く話すだろう。

別れの日、シルヴィアを筆頭にエドワードとジーナが並んでエリゼオ男爵とオノフリオ侯爵を見送る。

馬車に乗り込む前、最後にカロージェロは振り返り、深く頭を下げた。

そして、背を向けるとすぐに馬車に乗り込んだ。

扉が閉まり、馬車は去っていく。その後を護衛の私兵団が続いていった。

「……終わってみれば、呆気なかったな」

「……いろいろ大変でしたけどね」

エドワードとジーナがそれぞれつぶやくように会話をし、去って行く馬車を見送った。


——シルヴィアは、チラチラと様子をうかがっていた。

ずっと「いげんをたもつように」ってしていたけど、お客さんがいなくなった今がチャンスなのだ！

エドワードの裾をシルヴィアは引っぱり、キッパリと言った。

「抱っこしてください！」

エドワードはシルヴィアを見て目を瞬かせた。

苦笑するが、シルヴィアを抱き上げてくれる。

「シルヴィア様、ちょっと甘えん坊になりましたね」

「エドワードがずっといないのがいけないのです！」

シルヴィアは怒りつつも抱っこされて喜ぶ。

「はいはい。悪かったですよ。いいかげん許してくださいって。……じゃ、行こうか」

エドワードはジーナを促して馬車が止めてある場所まで引き返す。

「私は前にのるです」

シルヴィアが宣言すると、エドワードが嫌そうな顔になった。

「えぇ……？　主君が御者台《ぎょしゃだい》に乗るとか、あり得ないんですけど」

「行きはがまんしたのです！　だから、帰りはのるのです！」

シルヴィアが駄々《だだ》を捏《こ》ねると、エドワードは諦めたようにため息をつく。

よし、馬車でも一緒だ！

シルヴィアは満足し、むふーと息を吐いた。

＊

城塞に戻ったエドワードは、最後の問題を片づけることにした。

「お帰りなさいませ」

「ただいまなのです」

出迎えたエンマにシルヴィアが甘える。

――去る前にエドワードは、彼女にシルヴィアのことを頼んでおいた。エンマは子どもを五人ほど育て上げた女性なので、幼児の扱いはお手のものだったからだ。

エドワードがいなくなったのを幸いにカロージェロがシルヴィアに取り入ったらどうしようかと心配していたがまったくの杞憂、幼児の扱いが下手すぎてシルヴィアがかわいそうになったくらいだ。

カロージェロとの対比のせいなのか単にめんどうを見てくれたから懐《なつ》いたのか、最近のシルヴィアはエンマにも甘えている。

エドワードは逃避するようにそんなことを考えつつ、シルヴィアとエンマが仲良く部屋に戻る姿を見送り、ついていこうとしたジーナを呼び止めた。

「ジーナ」

「はい？」

振り向いたジーナは、いつになく真剣な顔でこちらを見ているエドワードにたじろいだ。

何か話があるのだろうが、とてつもなく言いづらい、という顔をしているなとジーナは思い、まさしくエドワードはそう考えていた。

「……怪我をした君の手当てをしたのは俺だ」

ジーナはその言葉に、戸惑いながらうなずく。

「……なぜなら、怪我がひどくて一刻を争ったからだ。俺は騎士団にいたので応急手当は一通り覚えさせられたし、実際怪我人を何人も手当てしているので、手慣れている。俺がすぐに手当てをした方が手遅れにならずに済む、そう思ってやった」

ジーナは真剣な顔で語るエドワードにどう反応していいかわからず、

「治療していただきありがとうございます……？」

と、答える。

エドワードがお礼を言われたいから語ったとは思えないが、話の意図がわからないジーナとしては、そう言うしかない。

エドワードは首を横に振った。

「違う。礼ではなくて責めるべきところだよ、ジーナ。俺が君の服を引き裂き脱がせた。嫁入り前のうら若い少女なんだから、何か思うことはあるだろう？　……もし君が『責任を取れ』というのなら取るよ」

それを聞いて、あぁ、そういうことかとジーナは合点《がてん》がいった。

生真面目《きまじめ》なエドワードらしい、と、ジーナはちょっと笑うとエドワードに向かって言う。

「私、結婚には一家言《いっかげん》ありまして。……早くに両親を亡くしたので、結婚相手とは温かな家庭を築きたいんです」

そして、エドワードをまっすぐに見つめた。

——常に、家族の愛に飢えていたと思う。

何もかも言いなりになって、ひたすら工房にこもり奴隷のように働いていたのは、そうすれば愛してもらえると思っていたから。……とんだ勘違いだ。

だから、今度こそ間違えたくない。

「責任で愛のない結婚をするなんて嫌なんです。それなら独身でいた方がマシです！」

そう言い切ったジーナに、エドワードが苦笑した。

「愛は確かにないけど……。でも、ジーナは大事な仲間だから」

それを聞いたジーナは、エドワードに微笑んだ。

「私もそう思っています。……私、カロージェロさんを『同じ城塞で働く仲間ですから、相談してください』って説得しましたけど、実際のところ、エドワードさんほどにカロージェロさんを仲間だとは思ってなかったんですね。だから話してもらえなかったんだと、エドワードさんと話していて改めて思いました」

「え？」

キョトンとするエドワードに、ジーナは語った。

「エドワードさんは、過去のことや大事なことをすべて話してくださいました。私も、エドワードさんにはすべてお話ししています。でも私、神官で懺悔などを聞いてくださる立場にあるカロージェロさんに、一度もそういったことを話したことがないんです。だって、エドワードさんが聞いてくれるから――エドワードさんは私を唯一信頼し信用してくださるから、私もエドワードさんを唯一信頼し信用しているから、話すのならエドワードさんに話したいんです」

そして、キッパリと言った。

「もし、カロージェロさんとエドワードさんの言葉、どちらを信じるかと言ったら私はエドワードさんを信じます。町の人たちはカロージェロさんを信じるでしょうが、私にとってはエドワードさんが唯一信頼し、信用している方なのです」

エドワードは絶句し、不覚にも涙をこぼしてしまった。

ジーナも涙をこぼす。

「……私たち、人を信じられなくなっていて、でも、シルヴィア様とエドワードさんと私、ようやく信頼し信用できる人に巡りあえました。だから、この気持ちを大切にしたいと思っています。結婚は、そう言っていただけてありがたいですけど、エドワードさんが私を愛してくださり、私も愛したときに言ってほしいです」

「――わかった、すまなかった」

エドワードは軽率《けいそつ》だったと反省した。

ジーナの過去を知っているのに、軽々しく『責任を取る』などと言ってしまった。

うら若い少女なのだから結婚に夢も希望もあるだろう。責任なんかで結婚するなんて真《ま》っ平《ぴら》ごめん、というのは至極《しごく》当たり前だった。

「……むしろそこは、誠心誠意謝るべきだったよな。改めて謝罪するよ」

恐縮して謝るエドワードに、ジーナは軽く笑って手を横に振った。

「本当に気にしないでください。治療のためですし、エドワードさんほどかっこいい方だったら女性の裸なんて見慣れているんじゃないですか？」

ジーナとしては、最後の言葉は軽い冗談だった。だが、エドワードはぐっと詰まって黙ってしまったが。

「…………え」

図星をさされたと態度で示すエドワードに、ジーナは掌《てのひら》を返したように冷ややかな眼差《まなざ》しを送った。

それこそ、うら若い乙女のジーナとしては、女性の裸を見慣れている男なんて軽蔑《けいべつ》の対象だ。

「いや、待ってくれ。そうだけど、ジーナには嘘をつきたくないから追及しないでくれ。荒《すさ》んでいた頃の話だから」

エドワードは絶対零度《れいど》の視線を送るジーナを手で制した。

呆れ顔のジーナは、慌てふためき冷や汗をかくエドワードを見てクスリ、と笑うと、

「別に私は軽蔑するくらいで深く追及はしませんけど、年頃になったシルヴィア様がエドワードさんの武勇伝を知ったらヘソを曲げるかもしれませんよ」

「は?」

エドワードは、ジーナの言葉にポカンと口を開けた。

ジーナは、何をいまさらとぼけているんだろう……という顔でエドワードに言った。

「将来、エドワードさんが私をとるかシルヴィア様をとるかで悩まないといいのですけどねー。私も、気持ちが固まったときにシルヴィア様が恋敵《こいがたき》になったとか嫌なので、早めにハッキリ決めてくださいね?」

エドワードは驚いてジーナの言葉を否定した。

「いやちょっと待てよ。さすがにシルヴィア様はないだろ。貴族の政略結婚ならともかく、平民で二十一歳の俺だぞ。地位的にも年齢的にもないよ。第一、ジーナが親子と間違えたんだろうが」

エドワードが過去の話を持ち出すと、ジーナが思い出して舌をちょっと出した。

「もう忘れてください。『兄と妹ではない』って思ったから、消去法で残ったのがそれだけだったんです」

「兄と妹以上に離れてるって思ったってことだろ? その通りだけど。だから、ないよ」

ジーナは冷やかすような笑顔をエドワードに向けた。

「どぉですかねぇ……? シルヴィア様はそう思ってないと思いますけど」

「頼られているし、離れたくないと思われている自負はある。でもそれは、シルヴィア様の生い立ちのせいだから。ずっと一人で生きてきたところに、俺がいろいろやってやったんだ。幼児なのに初めて頼れる相手ができたからべったりなんだ、ってわかってるよ。それにシルヴィア様は貴族だ。……今は放置されているが、そのうちここは名が売れてくる。そうなったら親が放っておかないよ。契約書があるから城主は解任できないだろうが、その代わり政略結婚の相手を送り込んでくるだろうさ」

ジーナがエドワードの話を聞いて眉をひそめた。

エドワードはジーナの顔を見て苦笑する。確かに、平民には理解しにくい話だろう。

「しかたがないんだ、それが貴族なんだからな。……俺たちは、シルヴィア様の両親がいい子息を送り込もうと思うように、せいぜいここを発展させて名を轟《とどろ》かせるようにするくらいしかできないよ」

「………………はい」

エドワードは、うつむいているジーナの頭をポンと叩くと、

「行こう。ジーナは怪我で、俺は暗躍《あんやく》で雲隠れしていて、やることが山積みだ」

と促し、歩き出した。

ジーナは、エドワードの背中を見つめながら、

「……シルヴィア様がそう聞きわけよく政略結婚にうなずくとは思えませんけど……。なんだかんだでエドワードさんもシルヴィア様に許嫁《いいなずけ》ができたら難癖《なんくせ》つけてどうにかして破

棄させそう。そもそもエドワードさん、カロージェロさんが指先に口づけしたくらいで激怒していた気がしますけど」

と、つぶやくと、エドワードの後を追った。

エピローグ

あれから数ヶ月経った。

エドワードとジーナは多忙を極めていた。

復興計画は順調で大規模工事は終わり、シルヴィアとエドワードがつきっきりにならずとも、住民による修繕で事足りるようになっていた。

……それは良かったのだが、肝心の城塞の方が遅れまくっているのだ。

カロージェロが隣国へ旅立って以降、数人を家令候補として雇ったのだが、その誰もがカロージェロほど出来が良くなかった。

結局、ジーナとエドワードで切り盛りすることになっていた。

「……やっぱり、カロージェロさんはすごかったと再認識しました。あの方は、ものすごく仕事ができる方です」

ジーナがボソリとぼやくと、エドワードもしぶしぶながら同意した。

何しろ、神官の業務も行いながら家令を務めていたのだ。

神官だってそれなりにやることは多い、なのに今までのどの家令候補よりも仕事ができたのだからすさまじい。

さらに恐ろしいのは、ジーナとエドワードの二人が戦線離脱した際、それをカロージェロ一人が支えたのだ。

それが一時的にしろ、徐々に仕事が回らなくなっていったにしろ、業務がマヒしたことは一度たりともなかった。現在カロージェロが家令として行っていた部分のみを二人で分担しているのに、それでも多忙を極めているのだから、彼の処理能力はそうとうだ。

恐らく人の動かし方に長けているのだろう。

エドワードもジーナも仕事を抱え込むタイプだ。

同タイプが互いにどんどん仕事を抱え込んでいっているのだから、雪だるま式に膨れ上がっていっている。

進退窮《きわ》まってきたエドワードは最終手段『恥を忍んで隣国の侯爵家に、家令を務められる者を紹介してもらう』を考えていたところ、使用人が慌てふためいた様子で飛び込んできた。

「か……カロージェロさんが、帰ってきました！」

その言葉を聞いたエドワードは、どう反応していいかわからず、手に持っていた書類を落として床に撒いてしまった。

カロージェロは、城塞へ戻ってきた。

ホールに立つと、シルヴィアをはじめ、集まってきた一同に挨拶する。

「このたびは、大変ご迷惑をおかけいたしました。――事情をご存じでない方もいらっしゃるかと思いますので最初からお話しさせていただきますと、私は隣国出身で、とある犯罪に巻き込まれ、追っ手から逃げるために川に身を投げ、この町に流れついたのです」

カロージェロは、憑き物が落ちたように、軽やかに自己語りをしていった。

「……というわけでして、先日から隣国へ赴き、因縁《いんねん》の貴族と対決しまして、ようやく解決いたしました。その者は、長くにわたり重罪を犯し続けてきたため貴族籍を剥奪《はくだつ》され、平民として処刑されました。彼は入り婿でしたが、その婿入り先の貴族も共謀《きょうぼう》を図ったとして処罰対象になっております。……こうして私は安全を確保しまして、再びこちらに戻ることとなりました。みなさま、どうぞよろしくお願い申し上げます」

エドワードは何言ってんだ、という呆れの混じった目でカロージェロを見つめる。

その視線に気づいたカロージェロは、ニッコリ、と音が出るような笑顔を向ける。

「隣国は確かに生まれ育った故郷ですが、こちらの町でお世話になり生活していた期間の方がすでに長いのですよ。生活基盤もこちらで築いています。故郷に帰っても、挨拶を済ませればあとは邪魔者です。知った者がほとんどいない町で一から信頼関係を築き上げるのは本当に大変ですから、あえて隣国で働くこともないでしょう。私の生い立ちはただでさえ好奇の目にさらされますし。――であるならば、こちらで今までどおりすごすのが一番、というのが父上と後見人である侯爵の見解です」

現在のカロージェロは、実の父であるオノフリオ侯爵に似すぎてしまっていた。並んだら間違いなく親子だとわかってしまうだろう。

侯爵家跡取りである息子よりもカロージェロのほうがよほど似ているのだ。問題にしかならない。

隣国で神官を務めるとしたら、侯爵の息子と丸わかりであるカロージェロは神官長にならざるを得ないが、そうなると侯爵家が教会を建て、カロージェロを神官長に就任させることになる。教会との勢力問題や貴族間の問題やらが複雑に絡み合い、めんどうな問題が起きること請《う》け合《あ》いだ。

そのため、隣国に近く、縁故《えんこ》採用なしで神官長になれるこの城塞の教会で働くのが一番良いのだった。

理由が判明し、これは居座る気だとわかったエドワードが苦虫を嚙み潰したような表情になると、カロージェロはますます麗《うるわ》しい笑顔で挨拶する。

「すでに隣国にて、大神官長の許可を得ております。改めて、城塞の家令を務めさせていただきます」

ジーナは大喜びして拍手する。

城塞の家令についてはジーナの方が負担が大きいので、カロージェロの帰還を本気で喜んだ。

エドワードも、カロージェロ不在での業務負担で潰れそうになっていたので、反対することはなかった。

押しつけてやる、とエドワードが陰湿に考えていると、カロージェロはシルヴィアの前まで歩き、ひざまずいた。

「シルヴィア様。……貴方はいまだに罪を知らず、無垢なままなのですね。そのままでいてほしいと願うのですが、罪を知ることも人として重要だと、今の私は知りました。いつか貴方に罪が現れたときは、私に懺悔なさってください。贖罪を促し、浄化いたしましょう」

などと能書きをたれると指先に口づける。

エドワードは激怒し怒鳴った。

「国に帰れ！」

神官長と家令の再任が認められたカロージェロは、ジーナが一人でいるときに声をかけた。

「私の浅慮のせいで、貴方の命を危険にさらしてしまいました。申し訳ありません。そして……助けていただきありがとうございます。貴方は私の命の恩人。ですから、貴方が望むことはなんでも一つだけ叶《かな》える努力をしましょう」

ジーナはカロージェロの言い回しがなんともおかしく、笑いそうになった。

努力をする、って……ジーナが望むことは何かをわかっているような口ぶりだ。

「私が望むことは何か、わかってらっしゃるんじゃないですか？」

「えぇ。外れてほしいと思いますが、わかっています」

「なら、努力をしてください。……エドワードさんは生真面目で優しい人なんです。誰が悪く言おうとも、私はエドワードさんを信じています。ですので、カロージェロさんもエドワードさんを信じてほしいのです」

カロージェロは苦笑した。

そう言われると予想していたが、やはりそうだったと思い、うなずいた。

「努力することをお約束します」

ジーナが闊達《かったつ》に笑う。

できるかどうかわからないけれど、努力はすると約束してくれたのだ。嘘ではないだろう。

笑うジーナを見て、カロージェロは柔らかく微笑んだ。

「そう言えるようになったのも、すべてあなたのおかげです」

今まで見せたことのない、素直で優しい笑みを浮かべるカロージェロに、ジーナは戸惑った。

ふと、カロージェロ自身も散々な目に遭ってきて、歪《ゆが》んでしまったのかなと考えた。

今はまだわだかまりがある。

だけど、城塞の中でともに仕事をしていくうちに、カロージェロとエドワードのわだかまりが消えていってくれればいい、そう願った。


カロージェロが戻ってきて、とたんに城塞の中は息を吹き返したように機能し始めた。エドワードとしては悔しいが、負けを認めざるを得ないほどに仕事ができる。

夜の見回りも、有能でかつ大貴族に仕えている家令はやっている。

ジーナとシルヴィアは知らなかったとして、エドワードはまさかカロージェロがそこまでやっているとは思わなかったのだ。実際はエドワードの暗躍の尻尾をつかむためだったのだが……。

テキパキと溜まった仕事を片付けるカロージェロを見たエドワードが、そばにいるシルヴィアについこぼした。

「――俺はカロージェロが嫌いです。嫌いだけど、有能なのは認めます。俺とジーナの二人がかりでもアイツの仕事ぶりには負けるでしょう。でも、嫌いなものは嫌いなんですよ」

延々と愚痴るエドワードの言葉をシルヴィアはあまり理解できず、カロージェロは仕事ができる、って言っているのかな、と勘違いした。

だったらきっと、カロージェロを雇ったシルヴィアを褒めているのだろう。

「私はいだいです」

シルヴィアが腰に手を当て腹を突き出すと、エドワードは呆気にとられた。

次に笑い出す。

「そうですね。さすが、シルヴィア様の采配です」

そう言うとシルヴィアの前にひざまずき、カロージェロと同じようにシルヴィアの指先に口づけを落とした。

シルヴィアは驚きのあまり、目をまん丸にし口を大きく開けた。

そんなシルヴィアを見ながら、エドワードは恭しく語る。

「――将来、貴方がどこかの貴族子息と結婚しようとも、私はずっと貴方の剣であり続けるでしょう。だから、私を信じ、ずっとそばにおいていただけますか？」

シルヴィアはキョトンとして首をかしげつつ、こう言った。

「エドワードはてんさいです」

わからないときはこう言っておけば、エドワードがなんでも解決してくれるのだ！

この作品に対するご感想、ご意見をお寄せください

【あて先】

〒154-0002
東京都世田谷区下馬6-15-4
(株)コスミック出版
ハガネ文庫 編集部

「サエトミユウ先生」係
「ハレのちハレタ先生」係

ハガネ文庫

城塞《じょうさい》幼女《ようじょ》シルヴィア
～未知《みち》のスキルと魔術《まじゅつ》を使《つか》って見捨《みす》てられた都市《とし》を繁栄《はんえい》させます～

2024年10月25日　初版発行

著者：サエトミユウ

発行人：佐藤広野

発行：株式会社コスミック出版
〒154-0002　東京都世田谷区下馬 6-15-4

代表 TEL 03-5432-7081
営業 TEL 03-5432-7084　FAX 03(5432)7088
編集 TEL 03-5432-7086　FAX 03(5432)7090

https://www.hagane-cosmic.com/
振替口座：00110-8-611382

装丁・本文デザイン：RAGTIME
印刷・製本：中央精版印刷株式会社

Printed in Japan ISBN978-4-7747-6602-7 C0193

ハガネ文庫